JN069149

NOBLE
REINCARNATION
貴族転生
～恵まれた生まれから最強の力を得る～
5
三木なずな イラスト kyo

騒ぐな。これを使えば、
傷は瞬時に塞がる。

ハイポーションを貫通した手の平にぶっかけた。
すると、みるみるうちに、貫通した傷が塞がって、
完全に消えてしまう。

ご主人様!?

ロウ・ペイユ

かつて帝国に戦いを挑んで敗れた
サエイ族族長の娘。
戦いの末、部族は滅亡するが、
その後ノアのメイドとして仕えることに。

安心しろ、
なんともない。

俺の体のまわり――
全身から水柱が吹き出した。
太さは子供が遊びに使う
水鉄砲程度のもの、
しかし勢いは比べものに
ならないほどだった。
まるで水の針――
それが一遍に百本以上吹き出して、
一瞬で盗賊ら全員の手足を貫いた。

CONTENTS

NOBLE
REINCARNATION

貴族転生

NOBLE REINCARNATION

～恵まれた生まれから最強の力を得る～

5

三木なずな
イラスト Kyo

Story by Nazuna Miki
Illustration by kyo

98 七光りのいらない男

元十三親王邸、現離宮の中庭で。

俺は一人の老将と打ち合っていた。

ダミアン・ノーブル。

帝国最強の武将として、今なお現場の頂点に君臨している実直な男だ。

そのダミアンと、手合わせという名目で打ち合っていた。

ダミアンの剣、一撃一撃が重かった。

剛剣の類いだが、それだけではない。

打ち合っただけで、骨の髄まで衝撃が浸透してきそうなほどの剛剣。

華やかさはない、一斬一殺。

無数の戦場で鍛え上げた、実戦的な剣だ。

それがわかったところで、俺は互角に打ち合って、鍔迫り合いに持ち込んだところで、止めて大きく飛び下がった。

ここまで、という体で手合わせを終わらせた。

「さすが帝国最強の将」

「恐悦」

ダミアンも剣を下ろし、その場で一度片膝(ひざ)をついた。

「陛下こそますますお強くなられた。わが帝国に陛下ほどの剣才が頂点に君臨なさるのは、神の恩寵(おんちょう)と言わざるをえません」

「お前は口が上手(うま)くなったな。歴戦の老将も歳(とし)を取れば角(かど)もとれるのかな」

「すべていつわらざる本心でございます」

「ふっ、冗談だ。お前と会ったときにはもういい歳だっただろう」

俺は笑って、冗談だと強調した。

ダミアンはその風貌(ふうぼう)もあって、歴戦の老将という肩書きそのままの、謹厳実直、冗談の通じない一面がある。

こうやって冗談は冗談だと明言してやる必要がある。

俺は目配せして、庭にある東屋(あずまや)にダミアンを連れてきて、座れと命じた。

「今日お前を呼んだのは他でもない、ギャルワン討伐(とうばつ)の件だ」

「はっ」

「単刀直入に言う、余はジェシカにギャルワン叩(たた)きに専念させたい。そのための国境封鎖、糧秣(りょうまつ)の運送、他勢力の警戒。すべてを万全にしたい。もちろんヘンリーとも諮(はか)るが、現場のトップのお前の意見も聞いてみたい」

「はっ」

「とは言え、軍事は余の専門ではない。現場にしゃしゃり出るのは歴史にいくらでも見られる失敗を繰り返すのみ。余は方向性を示した。それに見合う戦術、もしくは人材はいるか？」

「恐れながら」

ダミアンはそう前置きしてから、話しだした。

「まずは国境封鎖」

「うむ」

「私の長男、カール・ノーブルが適任でしょう。国境封鎖にはある種の融通の利かなさが必要となります。陛下のご命令にのみ従い、例外はないと言い含めれば十全に役割を果たしましょう」

「なるほど」

くそ真面目さということか。

それはそれでどうかと思うが、使いようによっては安心できる。

「次に他勢力への警戒。これは私の次男、キールを推挙します」

「なぜだ」

「キールは子供の頃から痛みに耐えることに長けて、非常に辛抱強い。突発的な状況で開戦することはまずなく、徹底的な牽制には向いておりましょう」

「そうか」

「最後に糧秣の運送。どうか私の四男、エールにお任せいただきたく」

「いいだろう、任せる。余が認可したとヘンリーに伝えて、そのまま諮るといい」

「ありがたき幸せ」

「細かいことは言わぬ。とにかくジェシカにその一点だけに専念させたい、よいな」

「はっ」

「さがってよいぞ」

「失礼します」

ダミアンはその場でもう一度膝をついてから、立ち上がって立ち去った。

それを見送った後、ドンを呼ぶ。

「お呼びでしょうか、陛下」

「ダミアンの三男、名前は知っているか?」

「確か……ニール・ノーブルだったかと」

「そのニールの事を調べろ」

「なぜでしょう?」

不思議そうに首をかしげるドンに、俺はダミアンが三人の子供を推薦した事を話した。


「あれは父上と正反対の目だった」

「上皇陛下と?」

「ああ。子供を溺愛する目だ。自分の七光りで、どうにか出来の悪い子供達をすくい上げたい、と。

理由がいちいちこじつけすぎる。四男の糧秣運送にいたっては、理由なんかなくてとにかく頼み込んでくる始末だ」

「あのダミアン殿が……」

にわかには信じられない、って顔をするドン。

わからなくもない、謹厳実直でならした、帝国最強の老将だ。

そういう一面があるなんて意外も意外、というわけだ。

「だから、三男の事を調べろ」

「一人だけ名前が挙がらなかった三男ですね」

「ああ」

俺は深く頷き。

「余の予想が正しければ、三男だけ『七光りがなくてもいける』と思われてるだろう」

☆

翌日、書斎の中。

調査を終えて戻ってきたドンが感心した目で言った。

「さすがは陛下、陛下の予測通りでした」

「ほう?」

「ニール・ノーブル。ダミアン殿の剣才を受け継いだともっぱらの噂で、12歳の時の稽古でダミアン殿に深手を負わせたとか」

「あのダミアンを？」

「はい」

ダミアンがあの歳にして、未だに現場の指揮官にとどまっているのは、ひとえに「強すぎる」からだ。

強すぎて、戦バカとも言うべきダミアンは、戦功を立てることも多いが、やりすぎて処罰されたことも少なくない。

殲滅までしなくてもいいところまで、殲滅してしまって、その結果現地の民の反発を買って、戦とその戦後処理を長引かせた事もある。

その事で処罰され、位を下げられた。

そうやって、戦功とやりすぎの処罰を繰り返してきたせいで、兵務省に入るほどの出世はできなくて、ずっと現場にいたままだ。

そのダミアンに、十二才で傷を負わせた、か。

「会いに行く、場所は知ってるか？」

「はい、ご案内します」

☆

城下町のとある酒場の中にその男はいた。

隅っこの席で、手酌酒を不敵な笑みを浮かべながら飲み続けている男。

身なりは汚くはないが、かなり適当だ。

その辺のごろつきの服――をちゃんと洗濯したような、ちぐはぐな感じのする男。

その格好もあり、体つきが大きいこともあり、更には右目は眼帯をしている事もあって賑やかな酒場の中で、そこだけ人が寄りつかず、ぽっかりと空間が空いているかのようだった。

俺はまっすぐ行って、男――ニールの向かいに座り尋ねた。

「ニール・ノーブルだな？」

「おう、ボウズも飲むか？」

名前を聞き返してくるわけでもなく、話しかけた相手にはまず酒を勧める。

俺はニールが差し出した杯を受け取って、中身を一気に飲み干した。

「大分安物を飲んでるな」

「酒なんて酔えりゃ上等。どうせ明日にはションベンになってるんだから」

「なるほど、一理ある」

「で、ボウズはなんだい。俺になんか用か」

「スカウトだ。帝室に仕える気はないか？」

「俺が？」

「ああ」

「なんで」

「腕を見込んだ、というのでは不十分か？」

「なるほど。帝室ってのは、皇帝に仕えろってことか」

「そういうことになるな」

「なら」

ニールはニヤリ、と口角をゆがめて、また自分で酌をして、一気に飲み干した。

「皇帝自ら誘いに来てくれたら考えてやるよ。そう皇帝に伝えとけ」

「なんだ、そんな事でいいのか？　じゃあ今考えてくれ」

「はあ？」

「……へ？」

「余は、既にお前の目の前にいるぞ」

杯がポロッと手からこぼれて、テーブルの上でコロコロコロと転がって、酒の瓶に当たって止まった。

それを落としたニールも、止まったままだ。

「こう、てい？」

「うむ」

「よ……？」

「なんだ、余の顔を知らなかったのか」

「こ、皇帝——陛下だったのか！」

ニールはハッと我に返り、盛大に驚いて立ち上がった。

途端、酒場中の注目を集めてしまう。

「ああ、余が帝国皇帝、ノア・アララートだ」

名乗りつつ、リヴァイアサンの力を借りて、船を意匠した紋章を現出させた名乗り。

誰であっても、皇帝だと信じる魔剣を使った名乗りだ。

それは、ニールにも通じた。

「皇帝が直に？　しかも最初から？」

「おかしいか」

「……オヤジに頼まれたのか？」

「いいや」

俺はフッと笑った。

ニールが落とした杯を取り上げて、酒をついで、飲み干して笑った。

「ダミアンは、他の三人しか推薦しなかったよ」

「……ふっ」

その話を聞いて、ニールは落ち着きを取り戻し、ニヒルに笑った。

「オヤジらしいぜ。あの三人もなあ、いい加減独り立ちしねえと。オヤジもいい歳なんだから、いつまでもスネかじってられんだろうに」

ニールの、苦笑い混じりのぼやきだった。

どうやら、ダミアンの親馬鹿は相当のもんだな。

「ふっ」

「なんだよ、急に笑ったりして」

「いや、それを聞いても嫉妬したりしないんだな、って思ったのだ」

「……」

「まあそんな事はどうでもよい。それよりも、余が直接来てるのだ、考えてくれ。余に仕えてみぬか」

「あーだめだめ、俺は敬語も作法も苦手だ、宮仕えなんて――」

「なんだそんな事か。それなら今のままでいい」

「――はあ？」

「なんだ」

「今のままでいいって、このままでいいのか？」

「何がおかしい」

「いやおかしいだろ。あんた皇帝だろ？　もっとこう、威厳とか伝統とかそういうのとかさ」

「そんな事よりも、人材が手に入るかどうかの方が重要だ」

「……」

ぽかーん、と言葉を失うニール。

やがて、我に返った彼は天を仰いで大笑いして。

「はははは、お前すげえな。そんな皇帝聞いたこともねえ」

「そうか？」

「気に入った。今のままでいいってんなら仕えてやる」

「うむ、よろしく頼むぞ」

俺はそう言い、握手のために手を差し出すと、ニールはますますおかしさに大笑いして、手を握ってきた。

名前：ノア・アララート
帝国皇帝
性別：男
レベル：17＋1／∞

HP	C＋B	火	E＋S＋S
MP	D＋C	水	C＋SSS
力	C＋S	風	E＋C
体力	D＋C	地	E＋C
知性	D＋A	光	E＋B
精神	E＋B	闇	E＋B

速さ　E＋B
器用　E＋C
運　　D＋C

そして、ステータスの「＋」が、また一つ上がったのだった。

99 大地の恵み

夜、離宮の居室。

俺はベッドの上であぐらを組んで、右手の手の平を上向きにして、みぞおちくらいの高さに突き出していた。

それに魔力を集中させる。

アポピスの力を使い、集中させた魔力を変質させていく。

「陛下」

ふと、横から俺を呼ぶ声が聞こえた。

顔を上げると、複数の使用人を引き連れているオードリーの姿があった。

たとえ後宮――いわば自宅のような場所であっても、皇后は常に多くの宦官や使用人を引き連れて歩くものだ。

皇后に不便な思いをさせてはならないというのと、何かあったら身を盾にして守るのと、わずかな感じの意味合いと。

それらの理由が何重にも重なり合って、皇后とは常にこのように無駄な隊列を引き連れて歩くもの。

ちなみにそれは皇帝も似たようなものだが、「戦士の国」である帝国では、行動的な皇帝が力を誇示するために、単身でお忍びやらなんやらで行動する事も多い。

オードリーはひらり、と手を振った。

すると使用人達が深々と一礼して、全員が部屋から退出した。

残ったオードリーはベッドの上に上がり、俺にしなだれかかってきた。

「何をなさっているのですか陛下」

「ポーションを作っていた」

「ポーション……ジェシカに与えたあれですね」

「ああ」

「陛下が発明したものですわね、たしか。あら？」

言いかけて、首をかしげてしまうオードリー。

「どうした」

「陛下が発明したものなのは存じ上げてますが、何故また陛下がお作りになっていらっしゃるのですか？　アルメリアの地を使って量産していると聞きますが」

「良い質問だ。今のポーションに満足してないのだ」

「満足してない？」

俺は小さく頷く。

「今のものは軽い怪我しか治せん。戦場で使うには効果が足りない。もっと効果の高いものを開発

している」

「なるほど。それは可能なのですか？」

「もうできている」

「もう？」

俺はベッド横のサイドテーブルに置いた、小さな瓶を手に取って、オードリーに渡した。

「それが新しくできたものだ。名は、わかりやすくハイポーションとつけた」

「ハイポーション……」

「見ていろ」

俺は腕輪の中から魔剣リヴァイアサンを抜き放つ。

夜の居室で、美しく輝く水色の光を曳く魔剣の切っ先を手の平に突き立てて――貫通した。

「陛下⁉」

「騒ぐな」

リヴァイアサンを抜き放ち、腕輪に戻す。

一方でハイポーションを貫通した手の平にぶっかけた。

すると、みるみるうちに、貫通した傷が塞がって、完全に消えてしまう。

「こんな感じだ」

「わあぁ……」

「これを使えば、傷は瞬時に塞がる……が」

「が？」

「身体が欠損した場合――例えば指がちぎれたり、腕が落とされたりな。そういう身体欠損級の怪我だと、傷だけ塞いでしまう」

「……腕は落とされたままなのですね」

「そういうことだ。まあ、ポーションよりは効果的だから、これはこれで良いのだが」

「すごいです陛下」

「ん？」

俺はオードリーを見た。

オードリーはまるで少女のようなきらきらした、感動的な瞳で俺を見つめている。

「こんなすごいものまで作れてしまうなんて」

「ポーションの延長線上だ。まだ完璧ではない、これを作ろうとして、まったくの別物になることもある」

「それでもすごいです。数百年の間、古の伝承にしか存在していなかった回復魔法や回復薬。それを復活させただけでなく、更に改良してしまうなんて」

「ふむ」

「私……歴史が変わる瞬間に立ち会っているような気分になってます。すごいです陛下！」

まるで村娘が著名な吟遊詩人に会ったような、憧れ百パーセントの目で見つめられる。

そこまで言われると、悪い気はしない。

「あっ」

「どうした」

「あの……陛下。陛下にお願いしたいことが……」

オードリーは俺から少し離れて、もじもじと、恥ずかしそうに言ってきた。

「なんだ、欲しい物でもあるのか？　そろそろ離宮でも建てるのか？」

「いいえ、そうではありません。その……ハイポーションを、ジェシカに届けてあげてほしいのです」

俺は少し驚いた。

オードリーの「おねだり」は、まるで予想だにしなかった方向から飛んできた。

「ジェシカに？」

「はい、今の彼女にこそ必要なものだと思います」

「気にかけているのか」

「共に陛下に侍る女同士、『妹』、のようになってくれれば嬉しいですわ」

「なるほど」

「それに陛下がわざわざ試練を与えるほどの子、大事にしなければ」

「俺が試練を与えるのがそんなに珍しいことか？」

俺はクスリと笑って、冗談めかして言った。

「はい、とても」

オードリーは同じようにクスリと笑って、きっぱりと言い放った。

「陛下は大抵の事を、自分でなさってしまいます」

オードリーはそう言いながら、手を伸ばして俺の手に触れた。

ハイポーションで傷は塞いだが、液体で薄められた血が残っている。

その血を指の腹ですくい上げて、俺に見せるようにかざした。

「ご自身の危険や痛みを顧みずにすることが多々あります。そんな陛下がわざわざ他人に試練を与えてまで育てるのは珍しいことです」

「なるほど」

オードリーの言う通りかもしれないと思った。

「ですので、ジェシカにハイポーションを」

「話はわかった。それなら問題ない、もう届けさせてある」

「え？」

「最初にできた分をすぐに届けさせた。もっとも、本人の手には渡らないように、別の者に持たせて、そばにいるようにさせたが」

「どうしてそんな事を？」

「オードリーは、俺がポーションに続いて、ハイポーションを開発したことをどう思う」

「え？　それは……」

質問を質問で返されたオードリーは戸惑ったが、それでも頭をひねって答えてくれた。

「すごくて、早いなと」

「それだ。その考え方をジェシカが持ってしまうと、気の緩みを生む。一つは、ハイポーションがあるんなら多少の怪我は、というもの。もう一つは、もうしばらくしたらハイポーション以上のものが出てくるのではないか。ということだ」

「あっ……」

「彼女は守る。気の緩みを生じないように、陰からな」

「なるほど……さすが陛下。そこまで考えていらっしゃったなんて」

オードリーは、ますます目をきらきらと輝かせて、俺を見つめてきたのだった。

☆

次の日、離宮の書斎。

俺の前に第一宰相、ジャン＝ブラッド・レイドークがいた。

ジャンはものすごく熟練された動きで片膝をついて頭を下げた。

「楽にしろ。どうだ、調査の方は」

「はい。陛下のご命令通り、各地に再生可能な龍脈はないか、秘密裏に調査させました」

「うむ」

「ゲラハ砂漠がもっとも可能性が大きい事がわかりました」

「ゲラハ砂漠……サラルリアだったか」

サラルリア州。

帝国の東南部にある、もっとも面積の大きい州の事だ。

面積が大きいのは辺境である事、大した産業がなく人口が少ないこと、そもそも砂漠が全面積の二分の一以上を占めている事などが理由である。

「サラルリアは……ゲルト辺境伯の封地だったな」

「はい。帝国にとってあまりにも『旨み』のない土地ですので、伯爵の一人に押しつけた形です」

「ゲルトに他の土地をやれ。代わりにサラルリアを皇帝直轄領にする」

「承知致しました……陛下」

「ん？」

「なぜ、ここまでなさるのですか？　龍脈ならアルメリアだけで事足りるのでは……？」

言葉を選びながら、って感じで聞いてきたジャン。

その質問は予想していた。

俺は用意してあった小瓶を取って、執務机の上に置かれているランタンに、瓶の液体を一滴たらした。

すると、ランタンが光りだした。

炎による光ではない、もっと明るくて、昼間の白い光に近いものだ。

「こ、これは⁉」

驚くジャン、ランタンの光に食いつく。

「ポーションの……まあ失敗作だ」

「失敗作？」

「余の力でポーションを作ろうとすると、たまにまったく予想外の別物ができてしまう」

昨日オードリーにも軽く話したが、彼女はそれに興味を示さなかったっけ。

「その一つがこれだ。空気に触れてからしばらくたつと光りだす」

「空気に……」

「その一滴で一晩持つぞ」

「なっ！」

ますます驚愕（きょうがく）して、ランタンを見つめるジャン。

「龍脈からの魔力はポーションを作り出せるが、その力の方向性を変えれば別のものも作り出せる。そこには無限の可能性があると、余は感じた」

「な、なるほど。だから龍脈を」

「ああ、サラルリアを皇帝直轄領にしたい」

「……」

ジャンはしばらくの間ランタンを食い入るように見つめた後、「ふぅ……」と気を取り直して、ランタンを置いて居住まいを正した。

「このようなものまで……さすが陛下でございます」

そう言った後、ジャンはキリッとした真顔に――第一宰相にふさわしい表情に戻った。

「サラルリアの件、急がせます。龍脈の復旧も」

「ああ、今後のためのテストにもなる、予算は使えるだけ使っていい」

「承知致しました」

ジャンは最後に一礼して、書斎から退出した。

龍脈が生み出す、魔力の雫。

人間の生活を大きく変えてしまう可能性を持っているものだと。

俺は、密かに確信していた。

100 身分

帝都の留守はヘンリーとオスカー、それに宰相達に任せて、俺はサラルリア州に向かっていた。

革新的な技術、それを支えるいわば鉱脈が眠っているのがサラルリア州だ。

今後の帝国、ひいては人類すべての生活を大きく変えかねない事だ。

ゲルト辺境伯を移動させ、サラルリアを直轄領にした後、俺は自ら乗り込むことにした。

今はそれに向かう街道の途中。

俺は旅行をする商家の御曹司的な格好をして、小間使いを一人だけ連れているという扮装(ふんそう)をした。

連れているのは、メイドのロウ・ペイユ。

かつて帝国に戦いを挑んで敗れた部族の娘で、その後は一族のほとんどを俺が引き取ったいきさつから、俺に忠実なメイドとして働いていた。

メイドになってそれほど日がたってなくて、エヴリンやゾーイなど有能なメイドと違っていたって平凡な娘であるため、カモフラージュをかねて連れてきていた。

ちなみに、彼女らは名字が前で名前が後ろという、珍しい風習を持つ一族だ。

そのペイユは、大量の荷物を背負って、俺について来ている。

「陛――じゃなくて、ご主人様」

「うん？」

どうした？　と歩きながら、呼び名を間違えかけたペイユに振り向く。

大量の荷物でしんどそうに見えるが、休憩でも欲しいのだろうか。

「さばくって、どういうところなんですか？」

「ふむ、俺も実際に見た事はないんだが、見渡す限り全部が砂だということだ」

「全部が砂？」

「海は見た事があるか？」

「はい」

「ならわかりやすい。海みたいな広さで全部砂だということだ」

「そ、それじゃ作物が全然育ちません！　狩りになる獲物も多分育ちません……」

がーん！　って感じでショックを受けるペイユ。

砂地には作物は育たないという認識はちゃんとあるみたいだ。

「ああ、そうだ。いわゆる不毛の地、それが延々と続いている。だからサラルリア州は帝国で面積がもっとも大きい州になった。農耕にも狩猟にも適さない地をまとめたのがサラルリアだ」

「そうだったんですね……砂漠、かあ……」

ペイユは歩きながら、遠くを見るような感じで、砂漠というものに思いをはせていた。

しばらく歩いて、街道の先に関所が見えてきた。

「ご主人様、なんか様子がおかしいです」

「ああ……血なまぐさいな」

関所までまだ距離があるのにもかかわらず、それが匂ってくるほどの事態になっていた。

関所の前は騒がしく、混乱している。

遠目からでも、取っ組み合いの争いになっているのが分かった。

「行くぞ。俺のそばから離れるな」

「は、はい！」

素直についてくるペイユを連れて、関所に向かっていく。

ある程度まで近づくと、様子が見えてきた。

庶民の格好をした一団が、関所のあっちこっちを壊している。

使っているのは大工道具とかじゃなく、クワとか角材とかそういったものだ。

故（ゆえ）に効率が悪く、破壊に手間取っている。

その庶民の一団とは違う、役人や、兵士達もいた。

彼らは人数で圧倒的に劣っていて、既に倒されて、離れたところにどかされて、呻（うめ）いている。

「……」

俺は少し考えて、慎重に一団に近づいて、丁度柵を壊したところの男に声をかけた。

「そこの君、これはどういうことなんだ？」

「ああ？　なんだあんた……どっかのぼっちゃんか？」

「ただの旅人だ。それよりこれはなんだ？　なんでこんなことになってる」

「オイラ達は打ち壊しをやってるんだ」

「打ち壊し……」

聞いた事はある、実際に見るのは初めてだ。

何かの理不尽に対して、集団で立ち上がって、理不尽の相手の家屋や物をとにかく壊す、民の自力救済活動の一種だ。

基本的には物を壊すだけ、人は殺さない、できるだけ傷つけない――というお題目を掲げている。

よく見ると、確かに倒されている役人や兵士達は、呻いて身動き取れずにいるが、致命傷を負ったらしき者は一人もいない。

「ここの関所はひでえんだぜ、通行の関税、いくら取ってると思う」

「どれくらいだ？」

「荷物の半分」

「半分だと？」

「そうだ。オイラはこの先の街に野菜とかを運んでるんだが、いつも現物の半分ここで持ってかれるんだ」

「それでたまりかねて、こうなったって訳か」

納得しつつまわりを見る。

他の者達はたまりにたまった鬱憤(うっぷん)を晴らすかのように、慣れない道具で関所を打ち壊していった。

「もうすぐ終わるから、少し離れて見てな」

「……ああ」

俺は頷き、ペイユに手招きして、言われた通り離れた。

打ち壊しはそれから小一時間くらい続いた後、男達は満足して引き揚げた。

「ご主人様、通りましょう」

「いや、もう少し待て」

「え？　あ、はい……」

訝しむ表情をするが、主の言葉には従うペイユ。

しばらくそこで見ていると、遠くから砂煙が近づいてきた。

関所の前にやってきたのは、たっぷりと肥え太った馬に乗った役人と、百人くらいの兵士だった。

「ふざけるな！　ふざけるなふざけるなふざけるなふざけるな!!　下等民の分際でよくも！　私の関所をよくも!!」

男は、破壊され尽くした関所を見て、馬の上で地団駄を踏むかの勢いで暴れた。

「どうやら、あれがこの関所を任せられている役人のようだな」

「そ、そうみたいですね」

「行ってくる、お前はここで待っていろ」

「え？　で、でも」

「待っていろ」

「は、はい！」

ペイユを置いて、俺は関所に近づいていく。

途中で兵士が俺に気づき、男に声をかけた。

男は馬の上からこっちを向いて、俺を見下ろした格好で。

「なんだお前は！」

「……」

俺は無言で、倒された関所のシンボル――もっとも重要な柵の扉を踏んづけた。

これをやったのは俺だ、と、言わんばかりのパフォーマンスだ。

「連中の一味か！　こいつをとらえろ！」

男の号令で、数人の兵士が一斉にかかってきた。

槍を持った一般兵の攻撃を難なくかわして、全員の首筋に手刀を落とす。

急所に痛撃を受けた兵士達は一瞬で白目を剥き、ドサッと、倒れる。

「な、なななな！」

「まとめてかかって来い」

「舐めやがって！　お前ら、こいつをぶっころせ！」

まるで賊のような物言いで、肥え太った役人が号令を下す。

それで兵士は次々とかかってきたが、一人また一人と、当て身と手刀で倒していく。

「な、なな……何者だ！」

「ふっ……」

俺はあえて鼻をならして、見下(みくだ)すような目で役人を一瞥(いちべつ)して、身を翻(ひるがえ)した。

「ゆるさんぞ……貴様、絶対に許さんぞ……」

腹の底から絞り出すような声で、呪詛(じゅそ)のような言葉を吐く役人。

その言葉を背中に受けながら、俺は歩き続けた。

☆

その夜、近くの宿場町に宿を取った。

俺はランタンの光を使って、手紙をしたためている。

「あの……ご主人様？」

「うん？　なんだ？」

同じ部屋で、俺が書き物するのをサポートしていたペイユがおずおずと口を開いた。

「今日のご主人様すごかったです、格好良かったです」

「そうか」

「ああなるのを読んでいたって事なんですね？」

「そうだ。打ち壊しをやってた時、関所の兵が少なかったし、責任者っぽいのもいなかったからな。あのブタのようなやつが責任者だろう」

「そうですね」

「ああやれば、憎しみは俺に向けられる。あの手の人間は、新しい憎しみに突っ込んでくるはずだ」

「そこまで……さすがご主人様」

ペイユの質問に答えながら、俺は手紙をしたため続ける。

「よし。これを帝都から政務の書類を届けてきた者に渡せ」

そう言って、手紙をペイユに渡した。

「分かりました。あの、これってどういうものなんですか？」

「うん？」

俺はペイユを見て、フッと笑った。

メイドとして平凡なペイユは、自分が聞いてはいけないというラインをあまりわかっていない。

機密なら教えないが、これは良いだろう。

「打ち壊しへの対処だ」

「え？　あれはもう終わったんじゃないんですか？」

「今後のことだ。今後まだ打ち壊しが起きたときを睨んで、法を変えるように留守の親王達に勅命を出した」

「法……」

「とりあえず打ち壊しに参加した民は処罰する」

「そんな！」

何か言おうとするペイユに手をかざして止める。

「それと同じ、打ち壊しに至った――今回の場合はあのブタだな。それも同じように処罰する。刑罰としては、役人の方を重くする」

「あっ……重く、して下さるんですか……？」

　ペイユの「くださる」に、俺はふっと笑った。

　今日の一件を目撃した彼女は、民側にすっかり肩入れしたようだ。

　まあ、それはいい。

「そうだ。そしてそれは、身分が高ければ高いほど、罰を重くするつもりだ」

　留守組に出したのは「草案を作れ」という命令だから、俺が命じたこの方向性に沿っているかどうか、帝都に戻った後精察する必要はあるのだが。

「貴族ならそうだな……死刑の一つ下くらいにした方がいいかもしれん」

「そ、そんなに重く⁉」

　民に肩入れしていたペイユも、これには驚いた形だ。

「そうさせないのが、貴族の義務だからな」

　俺は少し考えて、体ごとペイユを向いた。

「例えばだ、今日、お前はずっと荷物を担（かつ）いで歩いていた」

「は、はい」

「俺は何も持たなかった。俺が男で、お前が女なのにもかかわらず、荷物はお前に持たせて、俺は何もしようとしなかった」

「はあ……」

「それは身分からくるものだ。俺は主でお前は使用人、だからお前が荷物を持つのは当然のこと」

「はい」

「それと同じように、貴族は民が造反しないように、その生活を保障してあげるのが努めだ。それに反した貴族は厳罰に処さなければならない」

「あっ……」

「これで理解できたか？」

「はい！　ご主人様、やっぱりすごいです！」

ペイユは、まるで無邪気な子供のように、目を輝かせて俺を見つめてきた。

101 家人に共通する病気

深夜、俺は宿の中で書き物をしていた。

俺が都を留守にしてても、ヘンリーとオスカーの合議で政務は動くが、それでも皇帝じゃないと決裁できない案件がちらほらと出てくる。

それがたまに運ばれてくるから、夜のうちに内容を読んで、考えて、返事をしないといけない。

今もそれで、俺は寝る時間を削って返事を書いていた。

コンコン。

ドアが控えめにノックされた。

「ペイユか？　入れ」

「ジョンです」

「ん？」

書き物をする手が止まった。

顔を上げて、ドアを見た。

ペイユではない、男の声が名乗ってきた。

ジョン……という名前を記憶の中から探した。

すぐに一人の青年の姿が脳裏に浮かび上がってきた。

「……ああ、お前か。入れ」

「ありがとうございます！」

返事のあと、ドアがゆっくり開いた。

ドアの外で跪いたままドアを開けて、一旦立ち上がって丁寧にドアを閉めてから、改めて恭しく俺に跪き頭を下げた。

「陛下におかれましては――」

「部外者はいない、内礼でいい」

「――はい！　お久しぶりでございます、ご主人様」

「うむ。元気だったか」

「はい！」

ジョンは顔を上げて、満面の笑みで答えた。

かつて、先帝の第一王子アルバートが闇奴隷を商っていた時期がある。

その闇奴隷商と街中でばったり出くわして、無理矢理奴隷にされていた子供達を助けて、引き取った。

その時の子供のうちの一人がこのジョンだ。

あの後数年間屋敷で雑務をしていたが、俺が即位した時に代官として外に出した。

俺はジョンを見つめ、観察した。

「少しふっくらとしてきたな、ちゃんとメシは食ってるみたいだな」

「すいません！　最近アブラ飯にはまってて」

「へえ？　アブラ飯」

「脂身を濃く味付けして飯にぶっかけただけの物なんですが、これがやみつきになる味なんですよ！」

「はははは、男らしい飯だな。もっといい物は食ってないのか？」

「何回か商人どもの接待に行ったことがあるんですが、出てくる飯がなんか上品すぎて合わなかったんです。上品なのはわかるけど食ったら下痢になっちゃんです」

「貧乏舌が染みついてるのか。それでも少しずつ慣らしていけ。将来帝都に呼び戻したときもその貧乏舌のままじゃ、余が褒美にやれるものが減る」

「は、はい！　がんばります！」

ジョンは恐縮しつつも、嬉しそうに頭を下げた。

「で、何をしに来たんだ？」

「はい！　ご主人様がここに来てるって聞いて、兵を連れて護衛に来ました」

「兵？」

俺は首をかしげて耳を澄ませた。

すると、ちょっと気配を感じた。

宿の外に、深夜ではあり得ないような物々しい空気を感じた。

「大げさだな」

「とんでもない！　こんなところでご主人様に何かあったらどえらい事ですよ。それに」

「それに？」

「屋敷を出た後はご主人様にご奉仕する機会が減ったんで、こういう時くらいやらせてください」

ジョンはそう言って、熱烈な目を向けてきた。

慕われているのがわかるから、悪い気はしない。

「ははは、わかった。全部お前に任せよう」

「ありがとうございます！」

ジョンが嬉しそうに、パッと頭を下げた。

その時の事だった。

さっきまでは耳を澄ませても何も物音が聞こえなかったのに、一変して外で言い争う声が聞こえてきた。

「なんだ？」

「酔っぱらいかもしれません。大丈夫です、誰も入れるなって下にはキツく言ってますんで」

「宿泊客はちゃんと通してやれ。貸し切ってるわけじゃないんだ」

「は、はい！　さすがご主人様、そういう気配りできるようになれってメアリーからいつも言われてるのに忘れてました！」

ジョンはそう言って、ポカ、と自分の頭を小突いた。

農民から奴隷を経て俺の屋敷に来たという経歴上、ジョンは作法とか言葉遣いとかはぱっと見めちゃくちゃな方だ。

今もそれが出てるが、俺の家人は奴隷出身が多いから、こういう場では笑って流すことにしてる。

そう考えるとエヴリンは希少な存在だったな――と、思っていると。

争いの物音の中に、金属の剣戟音が混じった。

「むぅ？」

「なんだぁ？　あいつら。すいませんご主人様、窓を借ります」

「ああ」

俺が頷き、ジョンは立ち上がって、窓際に向かっていった。

「ご主人様⁉」

部屋にペイユが飛び込んできた。

俺はやることがあるから先に寝てて良いって言ったのが、この騒ぎで起きてきたみたいだ。

「安心しろ、なんともない」

「は、はい……あっ、ジョンさん……」

俺の屋敷の出身で、顔見知りでもあるジョン。

ジョンの姿を見て、ペイユは「なんで？」っていう疑問と、久しぶりに会った懐かしさの二つの感情がない交ぜになっていた。

一方、ジョンは窓際に立った後、一気に窓を開けた。

すると窓越しにうっすらと聞こえていた争いの音が一気にクリアに聞こえるようになった。

「何やってんだてめえら!!」

ジョンは腹の底から怒鳴った。

親王時代、兵務省に詰めていた頃はこういうタイプの武将とよく接していたから、俺は慣れたもんだけど、そうじゃないペイユはビクッとして身をすくませた。

「ああん、なんだあ？　なんで兵士同士でもめてる。てめえらどこの管轄だ！」

「こ、これはこれはジョン様。ジョン様がおいでになっているとは知らず大変申し訳ありません」

ジョンの怒鳴り声に、一人の男が慇懃（いんぎん）な態度で応じた。

「ご主人様、この声……」

「ああ。ジョン」

「はい、なんですか」

ジョンは窓際に立ったまま、体ごと俺の方を向いた。

「そいつの事を知ってるのか？」

「はい、まあ俺の下で関所の門番をやってる、まあザコです」

「そうか。そいつは俺が目当てだろう」

「ご主人様を？」

目を剝くほど驚くジョン。

俺はジョンに、昼間起きた出来事を話した。

「そうだったんですか」

ジョンの驚きが収まった。

話を聞けば、俺がいつもやってる事なのはわかるからだろう。

事情を知ったジョンは再び振り向いた。

「一人で来いクズが！」

「は、はい！」

男が応じる声の直後、ドタドタドタ、という足音とともに、昼間の男が慌てた様子で部屋に転がり込んできた。

そのままジョンに平伏する。

「お待たせしましたジョン様！　すみません、ジョン様がいるって知らないで、挨拶が遅くなってしまって」

「俺への挨拶なんかどうだっていいんだよ」

ジョンは近づき、男を蹴った。

「てめえのご主人様のご主人様がここにいらっしゃるんだ、挨拶しろ！」

「ご、ご主人様のご主人様？」

話が理解できない、とばかりに首をかしげる男。

ジョンが顎をしゃくって、男は俺を見た。

そこで、ようやく俺の存在に気づいた男はハッとした。

「ああ、お前！　ここであったが百年目！」

男はいきり立って、俺に摑みかかろうとした。

ペイユは悲鳴を上げた。

俺は座ったまま動かなかった。

ジョンが横から割って入って、男を蹴り飛ばした。

蹴り飛ばされた男は壁に激突して、驚愕した顔でジョンを見た。

「な、なぜ……」

「てめえのご主人様のご主人様だっつってんだろ」

「え？」

そこでようやく、すこし落ち着いて物を考えられるようになったのか。

男は恐る恐るジョンを見て。

「ご主人様……」

「おう」

「……ご主人様？」

それから俺を見て、つぶやく。

つぶやいた後、みるみるうちに青ざめていった。

ジョンは十三親王邸時代の使用人だ。

つまり、十三親王――皇帝の家人だ。

それは、役人レベルならば誰でも知っている事実。

誰がどこの家人だというのは重要な事で、知らないでは済まされないことだ。

当然、この男もジョンの事はよく知っているはずだ。

その上で、ジョンのご主人様といえば――。

理解が進んで、男はがくがく震えだした。

ようやく俺の正体を理解したみたいだ。

「てめえ、陛下にさんざん無礼を働いたようだな」

「も、申し訳ございません！　陛下だとはつゆ知らず！」

「知らないですむと思ってんのか！」

「いや、知らないで済む」

俺は会話に割って入った。

机の上に置かれている、書き物の間すっかり冷えてしまった茶をとって、一口すする。

「陛下？」

「帝国法にきちんと定められている。余が名乗る前の事には不敬罪が適用されない」

「そりゃそうですけど。おいてめえ、よかったな、陛下が帝国史上で一番法律をきっちりする方で」

「は、はは。はひぃ……」

男はすっかり腰が抜けたようだ。

一方、ジョンは俺に体ごと振り向いた。

「さすが陛下。で、実際どうします？」

「ふっ」

俺は微笑みかけた。

それこそさすがジョン、さすが仕えて古い家人の一人だ。

ジョンは、こういう時の俺の事をよく知っている。

「関所で規定以上の通行料の要求、民への暴行。罷免の上永久登用不可、このあたりだろう」

「さすがですご主人様」

ジョンは心底感動したような目で俺を見つめた。

そして、未だにへばっている男に振り向き。

「今の聞いてたか？」

「は、はい？」

「首だよ首。よかったな命助かって」

「は、はい！　あ、あああありがたき幸せ！」

男は慌てて、俺に頭を下げた。

何度も何度もその場で土下座したまま頭を下げるもんだから。

「もうざいから消えろ」

と、ジョンに部屋の外に蹴り出された。

ジョンはその後を追って、廊下に待たせているであろう自分の部下に一言二言、言いつけをしてから、戻ってきて部屋のドアを閉めた。

　その間、俺の目配せでペイユが窓をしめた。

「本当にすいませんご主人様、俺の監督不行き届きです」

「気にするな、どこにもそういうのがいるものだ」

「はい、本当すいません。あっ、そうだご主人様」

「ん？」

「ここじゃまたご主人様に因縁つけてくる輩がいないとも限らないから、うちに来ていただけませんか。じつはメアリーもご主人様に会いたいって。もちろん、親王邸にいたときに覚えた料理とか作らせますんで」

「そうか」

　俺はふっと笑い、そのまま立ち上がった。

「だったらやっかいになろう」

「――――！　ありがとうございます」

「行こうか、ペイユ」

「はい！」

☆

宿を出て、ジョンの兵士に護衛されて、ジョンの家にやってきた。

「広いな」

馬から下りた俺は、目の前の邸宅を見てつぶやいた。

そこそこに広い邸宅は、入り口のところにかがり火が焚かれている。

そのかがり火がまるで道しるべのように、表門から奥の建物に伸びている。

「これ官邸です、タダだからありがたく住まわせてもらってるです」

「そうなのか」

「これで家賃とかかなり浮いてメアリーも喜んでますよ」

「ふっ」

俺はにこりと微笑みながら、かがり火の花道を通って中に入った。

ジョンの官職はそれなりのものだ。

少なくとも百人近くの兵士を指先一つで指揮できて、関所の役人を足蹴にできるレベルだ。

本当なら「家賃が浮いた」ような話をする地位ではない。

だが、たぶん……賄賂とか受け取らないで清貧を貫いてるんだろうな。

俺の家人はそういうタイプが多い。

俺の好みに迎合している面はないが、現実としてそうしている者が多い。

「自分がケチるのはいいけど、下にまで押しつけるなよ」

「え？　でも俺が模範になってやって、まわりの連中も綺麗になればいいじゃないですか」

「ふっ、人間は理想じゃ食っていけない」

俺は微笑みながら、ジョンに言う。

「お前もエヴリンと同じ病気だな」

「姉さんと同じ病気？　な、なにがまずいんですか？」

ジョンは血相を変えた。

俺が「病気」という言葉を使ったもんだから、それで慌てだしたんだ。

「焦(あせ)るな、責めてるんじゃない。お前もエヴリンも自分の基準で普通の人間を高く評価しすぎだ」

「えっと……？」

「お前は大して金をもらわなくても、余のために働ける」

「もちろんです！　ご主人様は命の恩人、人生の恩人です！」

「でも大した給金も出さないで、お前はいい人材をつかまえられるのか？」

「え……」

「余に恩義を感じてない人間が、お前のところの安い給料と、例えば高い給料出してくれる商人のところ。さあどっちに行く？」

「うっ……」

ジョンは言葉を詰まらせた。

「大抵の人間、特に有能な人間になればなるほど、自分の能力ならもっと稼げてもいい、と思うものだ」

「そ、そりゃ……しかし」

「そもそも」

俺はふっ、と悪戯っぽく笑った。

「余とて、お前達がちゃんと働いたときに褒美をやってるだろ？」

「!!!」

「下の者を足蹴にすることはかまわん、鞭で叩く必要もあるだろう。だが、飴をやることは忘れるなということだ」

「は、はい！　わかりました！　ちゃんとやります」

俺はもう少し穏やかに微笑んでみせた。

ジョンのことだ、ちゃんと言えばその通りに軌道修正するだろう。

「さすがご主人様だ……」

「ん？」

「実は、最近人材引っ張れなくて困ってたんです。今ならそれのせいなんだって……ありがとうございます！」

ジョンは恥ずかしそうに言う。

「そうか、ちゃんと励めよ」

「はい！」

ジョンの様子をしばらく見よう。

これで人材を集められるようになれば――もう一つ二つ上の地位に引き上げてやろう。
俺はそう思ったのだった。

102 家人の夫妻

ジョンについて行って、官邸の正門前にやってきた。

かがり火の終着点とも言うべきそこには、見知った女が使用人を引き連れて待ち構えていた。

メアリー。

かつて奴隷商から救い出した少女で、ジョンの妻となって、外に出した今では夫同様俺の家人である女。

そのメアリーが、よどみない動きで俺の前で跪（ひざまず）いて、地面に平伏して一礼した。

ジョンの時は公人としての身分があるから指摘したが、メアリーは公には役職がないから、ただただ使用人としての内礼（ないれい）をしてきた。

そんなメアリーの後ろで、使用人達が驚いている。

――奥様がなんで？　この人何者？

という感じになっているのがありありと見えた。

「お待ちしておりました、ご主人様」

「楽にしろ。というか、略式でもよかったのだぞ」

どんな礼法にも、正式なものと略式のものがある。

メアリーが今したのは、内礼の中でもかなり正式のもの――作法のフルコースといっていいものだ。

だから俺は簡単な略式の方でいいって言ったんだが、メアリーは両手両膝を地面につけたまま、顔だけ上げて。

「とんでもありません！　ご主人様に会えるのなんてもう数年に一度あるかないかくらいです。こうして会えるときはさせてください。大恩あるご主人様にちゃんとしないと後ろめたさで夜も眠れません！」

「そういうものなのか」

「はい」

「ならば――ジョン」

俺は振り向き、ジョンの名前を呼んだ。

「はい！」

「職務で上京して余に謁見するときもあるだろう。その時はメアリーも連れて夫婦で来い。――これでたまに会えるだろ？」

「あ、ありがとうございます」

「ありがとうございます」

慌てて頭を下げるジョンに対して、メアリーは落ち着き払った感じで更に一礼した。

まだ幾分か少年的な落ち着きのなさが残っているジョンに比べて、メアリーは大分大人の女な落

ち着きを身につけているようだ

そんなメアリーは静々（しずしず）と立ち上がって、一歩引いて半身になって、俺に官邸への道を譲った。

「どうぞお入りください、ご主人様」

「うむ」

俺は頷き、中に入った。

歩きだした俺の後ろにジョンとメアリーの夫妻がついてきて、そのすぐ後ろにジョン達の使用人が困惑顔のままついてくる。そして一番後ろからペイユが黙ってついてきた。

官邸に入って、まずは応接間のようなところに通された。

「……ほう」

中に入った俺は思わず声を漏（も）らした。

部屋に入った瞬間、まるで別天地に足を踏み入れたかのような感じになった。

夜だというのに灯りがふんだんに灯（とも）されて明るく、更には一嗅（か）ぎでわかるくらい良質なお香が焚（た）かれている。

さらには俺が座るであろうソファーも刺繍（ししゅう）などがふんだんにあしらわれていて、その前のテーブルに瑞々（みずみず）しい果物が置かれている。

誰が見てもわかる、かなりの歓待ぶりだ。

「すみません、ここではこれくらいの事しかできなくて。都には到底及（およ）ばないですけどその分頑張ってお仕えしますから」

「ささ、ご主人様こっちにどうぞ」

ジョン・メアリー夫妻に誘導されて、俺はソファーに座った。

見かけだけじゃなくて、詰め物をたっぷり使ったいいソファーだ。

俺は座って、部屋の中を見回した。

「……金はどうした」

おもむろに、ジョンとメアリーに聞いた。

二人はばつの悪そうな表情を浮かべた。

「こんな接待、お前の俸給じゃ賄えんだろ。下手（へた）したら一年くらいの俸給がすっ飛ぶぞ」

帝国の下級官吏の俸禄（ぼうろく）はお世辞にも高いとは言えない。

それもいずれは手をつけるところなのだが――今はまずジョンの話だ。

「それなら大丈夫です」

「ほう?」

「街の商人から借りました。あっ、ちゃんと借用書書きましたよ。俺の任期が終わるまでに返せばいいって約束してくれたので」

「ふむ」

「安心してくださいご主人様。ちゃんとわかってます。民から吸い上げて――なんて事は絶対にしません」

メアリーがジョンのフォローをした。

もともとが奴隷、さらに辿れば奴隷に売られるほどの寒村で生まれ育った二人だ。

間違っても民から搾取するようなことはしない、俺もそれをよく見極めた上で家人として外に出した。

それは見る目が間違ってなかったが、借金してまで俺の接待をしてくるとは思わなかった。

「さあさあ、ご主人様お靴を」

メアリーはそう言って、俺の足元で跪いた。

そして俺が履いている靴を恭しく脱がせてきた。

靴を脱がしたあと、背後に控えている若い使用人から水の張ったたらいを受け取る。

そして、俺の足を洗う。

十三親王邸にいたときから、夜帰宅すると使用人に足を洗わせて、疲れを取る。

これはみんながやっていることだし、一日歩いた後に足を洗って簡単なマッサージをするだけでも疲れがかなり取れるものだから、転生した直後は戸惑ったがいつしか普通にやってもらうようになっていた。

親王邸にいたときと同じように、メアリーが俺の足を洗う。

そして、その後ろには他の使用人が控えている。

特に親王以上の場合、給仕とか直接奉仕できるのは一定以上の地位の使用人だけだ。

この場だと、俺の家人でもあるメアリーがそれに相当する。

有り体に言えば、他の使用人じゃ「奉仕する資格もない」だ。

それは貴族ならば当たり前のようにわかっていることだが、平民にはなかなか理解できないものだ。

今も、メアリーの使用人達が、「なんで奥様がそんな下女みたいな事をしているの？」な顔をしていた。

ひとしきり足を洗わせた後。

「ペイユ」

「は、はい！」

俺に呼ばれて、ペイユは慌てて小走りで俺のそばに来た。

「紙とペンだ」

「はい！」

ペイユは肌身離さず持っていた荷物の中から、紙とペンを取り出して俺に渡した。

俺はそれを受け取って、テーブルの上でさらさらと走り書きをした。

そしてペイユは、流れを理解してそのまま俺の印鑑――皇帝の印を差し出した。

それを受け取って、書いた紙に印を押す。

これで――略式だが詔書（しょうしょ）の出来上がりだ。

俺はそれをジョンに渡した。

「持っていけ」

「これは？」

「余の接待に使った分は内府にちゃんと請求しろ。請求分出すように書いておいた」

「そんな！」

ジョンが悲鳴のような声を上げた。

メアリーも、洗い終えた俺の足を拭く姿勢のまま固まっている。

「すいません！　足りないところがあったら今からすぐに集めてやらせますんで」

「逆だ」

「え？」

「余の接待など、借金してまでするようなものではない。孝行の気持ちはちゃんと受け取った。それでいい」

「ご主人様……」

「やっぱりご主人様はすごいお方……」

ジョン・メアリー夫妻は感動し、目を潤わせた。

「さて……寝室に案内してもらおうか。話は明日にしよう」

「わかりました！」

夫妻は同時に頷いた。

そしてメアリーが使用人を指揮して動きだす。

教育が行き届いているのか、使用人達はメアリーの命令に従ってテキパキ動きだした。

「わ、私はただのメイドで――」

メアリーの使用人がペイユを客扱いするものだから、ペイユは慌てだした。

「いいから、あんたは俺達の後輩、つまりこの子達より上の客だ」

と、ジョンはそう言った。

それでもペイユは不安げに俺に救いを求める目線を投げかけてくる。

俺はふっと微笑み返して。

「そうしろ。お前は余のメイドであって、他の人間には必要以上にかしこまる必要はない」

「は、はい。よろしくお願いします、ジョンさん、メアリーさん」

俺の言いつけで少しは気が楽になったのか、ペイユは状況を受け入れた。

そして俺も、メアリーに寝室に案内してもらった。

そこもわかりやすく高価な寝具がそろっていたが、あえて指摘する事なく放っておいた。

メアリーと最後までついてきた使用人が部屋から退出して、部屋の中は俺一人になった。

『主、少しよろしいか』

「うん？　どうしたリヴァイアサン」

一人っきりになった瞬間、リヴァイアサンが話しかけてきた。

「珍しいな、お前の方から話しかけてくるのは」

『申し訳ございません。主の耳に入れておいた方がよろしいかと判断したもので』

「ふむ？」

ベッドの上に腰掛けて、小さく首をかしげ、先を促す。

『下女の中に一人、主に強い敵意を放っていた者がおりました』

「ああ、賢そうな女の子のことだろ?」

俺は頷き、メアリーの背後にいた印象深い女の子の事を思い出した。

年齢は十二、三――いや、ジョンとメアリーのやっていることを考えれば、その子も貧村の出だろうから、発育不良を考慮したら十五、六の可能性もある。

その子は、ずっと俺に敵意を向けていた。

しかしその敵意をうまく隠している。

即物的な物しか見えていない人間の目じゃなくて、思慮が深いタイプの人間にありがちな瞳をしていた。

『さすが主、気づいてらっしゃったのか』

「あれだけの敵意を向けられれば気づきもする」

『その娘をどう処されるおつもりだろうか。ご用命とあらば、身の程を軽く思い知らす事も可能ですが』

「お前はいつも物騒だな」

俺は声を上げて笑った。

「捨て置け、毒にも薬にもならない敵意をいちいち気にする必要はない」

『さようで……』

「そもそも何も問題はない。たとえ敵意が行動に発展したとして、お前の守りを抜けられるか?」

『万が一にも』

リヴァイアサンは即答した。

「ならば問題はない。お前が守っているのだからな」

『――はっ』

応じるリヴァイアサン。

俺の脳裏にだけ聞こえてくる声で姿形はないが、その返事の声色は、目の前に跪き、感激に震える姿が見えてくるようなものだ。

気分の上下が激しい、他に比べて激している性格のリヴァイアサンは、こういう時の反応も大きいものだった。

その晩、俺は熟睡した。

俺が無防備であればあるほど信頼しているという事だから、いつもよりリラックスして熟睡する事にしたのだった。

103 ノア帝の目的

翌朝、俺は朝日の中目覚めた。

目を覚まして、ベッドから起き上がると、ほぼ同時に寝室のドアがノックされた。

「ご主人様、よろしいでしょうか」

「ああ」

寝起きでまだ開き切らないまぶたを閉じたままで応じる。

するとドアが開き、気配で数人、部屋に入ってくるのがわかった。

先頭にいるのはドアをノックして許可を求めてきたメアリーだろう。

それ以外は彼女の使用人だろうが——。

『——』

リヴァイアサンの気配が微かに揺れたのを感じた。

例の俺に敵意を剝き出しにしている少女がいるのだな、と。

リヴァイアサンの相変わらずの忠犬ぶりに、思わず笑みがこぼれた。

「失礼します。おみ足を」

「ああ」

俺はベッドから降りて、自分の両足ですっくと立ち上がった。

目蓋(まぶた)は閉じたまま、全身を脱力する。

すると、メアリーが慣れた手つきで俺の寝間着を脱がせてくれた。

俺はあくまで自然体のまま脱がされて全裸になった。

長年親王邸で使用人をやっていたメアリーも、当然主の裸になにか反応することなく朝の身支度をやってくれた。

が、他の使用人達は違った。

俺が全裸になると、全員が一斉に動揺したのが気配でわかった。

「申し訳ございませんご主人様――あなた達、手が止まっているわよ」

「は、はい!」

「すみません!!」

俺に一言断ってからの、メアリーの叱責。

それをきっかけに、使用人達が動きだした。

基本はやっぱり、メアリーだ。

俺の服を脱がせ、新しい服を着せて。

髪をとかし顔を洗う。

特に耳の中を丁寧に蒸しタオルでふやかし、綺麗(きれい)にしてくれた。

これはオードリーと出会った頃くらいに教わったことだ。

オードリーは、普通は見ない・見えない所こそ綺麗にすべきだという持論の持ち主だった。

それは政道にも繋がる事で、俺は素直に取り入れた。

それ以来、親王邸の使用人達には、毎朝特に耳のあたりを綺麗にしてもらっている。

それをメアリーが、親王邸にいた頃と同じ感覚でやってくれた。

耳のまわりが綺麗になった頃には、俺の眠気も完全に失せた。

「ごくろう」

「恐れ入ります、ご主人様。では——」

「ああ、少し待て。メアリーと——その子は残ってくれ」

俺は気配で感じ取った、件の少女を指名した。

少女は驚き、より一層俺に警戒したのがわかった。

「かしこまりました。ではあなた達、先に戻っていなさい」

「「はい」」

メアリーの命令に、他の使用人達は疑問にも思うことなく、部屋から出て行った。

俺の目の前に、メアリーと例の少女だけが残った。

「お前、名前は？」

「え？」

少女は戸惑った。

「ご主人様から直接聞かれるのは光栄なことなのよ。聞かれたことを素直に答えなさい」

「は、はい。アイビーって、言います」

少女――アイビーは緊張気味に答えた。

俺の事を警戒して敵意めいたものを向けては来るものの、実際に「主人の主人」と直接会話することは緊張するようだ。

俺はくすっと笑った。

「そう緊張しなくていい。メアリー、いい子を拾ったな」

「はい。今いる子達のなかで一番賢い娘です」

「そうだろうな。俺の世話なんてやり慣れてないだろうに、それでもお前のサポートは上手くやっていた。あんなふうにテキパキ先読みしていい塩梅でやれるのはなかなかいない」

「さすがご主人様、ご慧眼恐れ入りました。私もそれができるようになったのは、ご主人様に拾われて一年たったくらいの頃です」

「お前はお前で並以上には物覚えが良かった」

「そんな、私なんて――」

「世辞を言ってるつもりはないぞ。ジョンを外に出したのは、お前がいざっていう時のブレーキ役、サポート役ができると思ったからだ」

「……」

メアリーは驚き、言葉を失った。

「ジョンが七、お前が八。二人合わせて一・五――通常の家人の一・五倍は期待できると踏んで外に出した」

「――っ！　ありがとうございます‼　ご主人様にそこまで褒めていただけて……感謝の言葉もないです」

メアリーは言葉通り、感涙してボロボロと泣きだした。

「そう泣くな。褒めているのだからな」

「は、はい。ありがとうございます！」

「今の事はジョンには話すな、お前が上手くジョンを乗りこなせ。お前がいればジョンは上手く功績を積めるだろう。そうしたら頃合いを見てジョンを中枢に呼び戻して、今以上に働いてもらう」

「はい！　ちゃんとあの人のフォローをします」

「ん」

メアリーへの激励が済んで、俺は改めてアイビーを見た。

「しかし残念だ。余が先に見つけていればな」

そうならアイビーを連れていったのに、という意味で言った。

すると、メアリーがその場で俺に跪いてきた。

「ご主人様、是非彼女を連れて行ってください」

「メアリー様⁉」

メアリーにいきなりそんなことを言われて、アイビーは悲鳴に近い声を上げて、信じられないような目でメアリーを見つめた。

「ん？　いいのか？　手元に置いておきたくはないのか？」

「もちろんです。こんなところでくすぶっているより、ご主人様の下で学んだ方が断然彼女のためになります」

「一概にそうとも言えんがな」

俺はふっと笑った。

まあでも、悪いようにするつもりもない。

「メアリー様！　私は、メアリー様にまだご恩を返していないです。だから――」

「おバカ！　これ以上の恩返しはないのよ」

「え？」

戸惑うアイビー。

さっきとは違う意味で、どういう事なのか？　とメアリーを見つめる。

「陛下は常々『人は宝』だとおっしゃってるの」

メアリーはそこで一旦言葉を切って、俺の方を見た。

俺は無言で頷き、それを肯定してやった。

するとメアリーは再びアイビーの方を向き、更に続ける。

「陛下のお眼鏡（めがね）にかなう人間を献上できるなんて、どんな金銀財宝を献上することよりも素晴らしい事よ」

「そうだな。百万リィーンに匹敵（ひってき）するな」

「そ、そんなに……？」

せっかくだから、具体的な数字を口にした。

アイビーはますます驚いた。

「……ほ、本当に。メアリー様への恩返しに……？」

アイビーは恐る恐る、俺とメアリーの顔を見比べ、うかがうように聞いてきた。

「うむ」

「わ、わかりました。ついて……行きます」

アイビーはおずおずと言った。

まだメアリーへの恩返しで、という感じだが、たとえそうだとしても有望そうな人材を手にしたという事に変わりはない。

その事に、朝から満足感を得て、今日はいい一日になりそうだと何となく思ったのだった。

☆

朝食の後、俺はジョンの護衛で出発した。

ジョンは馬車を用意してくれて、自分の管轄の境まで護衛すると言った。

それを受け入れつつ、ジョンを馬車に同乗させて、向かい合って座る。

「アイビーのような子供は」

「え？」

「年間どれくらい引き取っている」

「えっと、十人か、もうちょっとか……」

ジョンは答えつつ、「なんでそんなことを聞くの？」って不思議そうな顔をしていた。

「お前達夫婦の生活を圧迫してるだろ。賄賂とかもらわない限り、お前の俸禄じゃそんなに保護できないし養えないはずだ」

「そ、それは……もちろん！　賄賂なんか誓ってもらってはないです」

「知ってる。人間は普段の生活が空気にでる。お前からは上品なのも成金なのも感じない。それは疑っていない」

「ありがとうございます！」

「むしろ逆だ。何も受け取ってないならお前達夫婦の生活を圧迫しているのではないかという話だ」

「は、はい……だ、大丈夫です、それは。メアリーもわかってくれてます」

ジョンはまっすぐ俺を見つめ、力強く言い切った。

そりゃわかるだろう、メアリーも出自は同じなんだから。

「余の目的を話してやろう」

「は、はあ……」

いきなり何を、って顔をするジョン。

まったく脈絡のない話をされて、困惑しているのがありありと見て取れた。

「ジョンは、余が何のために皇帝をやっていると思う？」

「ノア様の志は家人がみな理解してます！」

打って変わって、ジョンは強く力説した。

「俺達のような人間でも安心して過ごせるような、泰平の世を作り上げることです」

「六十点」

俺はフッと微笑みながら、言った。

ジョンは目を見開くほど驚いた。

今の答えがこんなに点数が低いとは思ってもなかった顔だ。

「それは間違ってはいないが、目的ではない。世の中ではむしろ『手段』に分類される」

「目的……手段……」

「世の真の目的は、余を見いだし、帝位を譲ってくださった先帝陛下を名君にすること」

「へ、陛下はしっかりと名君――」

「今はそうであろう。しかし余に失政があれば、歴史書では後継者を見る目がなかったと一筆が加えられる。だから、余の代では大きな動乱があってはならない。何があってもだ」

「……オスカー様がなんか企んでるんですか？」

ジョンが急にそんなことを言いだした。

今度は俺が驚いた。

ジョンの察し方にびっくりした。

それはそうだ。

オスカーの野心は未だに消えていない、帝位を虎視眈々と狙っている。

万が一オスカーが帝位を狙って乱を起こせば、歴史書ではそれは先帝のミスとして書き加えられる。

オスカーは第八親王、俺はもと十三親王だ。

俺がもし第一親王――長男であれば帝位をもらったあとの反乱は父上のミスには見られないのだが、十三親王だからどうしたって父上が「あえて」という形になる。

あえて俺を選んだのに、その結果兄弟不和からの反乱が起こったと思われかねない。

だから俺からすれば、オスカーの動向は常に気を配っていて、警戒している相手だ。

それを、ジョンが読み取った。

俺はふっと微笑み、答えた。

「そんな事はない。あるはずがない。あってはならない」

三段活用的な俺の言い方に、ジョンはますます顔を険しくさせた。

ないないないの三連発だが、事実上あると言っているようなものだ。

「ご主人様。俺、いつでも行けます。いや、なんかあったら勝手に暴走できますから」

真顔でいうジョン。

それはつまり、自分が鉄砲玉としてオスカーを暗殺するという話だ。

「抑えろ。余の家人がそうなったら、家人の制御もできなかった男に帝位を渡した先帝に――ということになる」

「す、すみません‼」

ジョンはハッとして、慌てて頭を下げた。

「そういうわけだから、余の目的がそうである以上、オスカーには手を出せん。お前も出すな」

「はい！　さすがご主人様。俺達は不思議だったんです、ご主人様がなんであんなにオスカー様を甘やかすんだろうって」

「ふっ、目的がそうだからそうせざるをえないだけだ」

俺は横を向いた。

馬車の壁越しに遠くを見つめる、ものすごく遠い目をした。

まあ、それは今どうでもいい。

俺はジョンに振り向いた。

「お前の察しがよくて話が早い。目的に応じて、手段が変わるのはわかったな？」

「はい！」

「では、お前の目的はなんだ？」

「俺の……」

「どんな目的で子供達を引き取っている？」

「……」

「……」

「……っ‼」

しばらく考えた後、ジョンはハッとした。

その顔のまま俺を見つめることしばし。

そして――。

「ご主人様、この土地で救貧院を作りたいのですが、許可をいただけますか？」

「九十点」

俺はジョンを褒めた。

「そうだ。貧民を救いたいということなら公的にやればいい、なんなら余に直訴すればいい。余は名君たらんとしているから、その手の話は無下には却下しない」

「はい！」

「よくやった。賢いなお前は」

「ご主人様の教育のおかげです！　すごいのはご主人様です‼」

ジョンは言葉通り、ますます感動した、心酔し切った目で俺を見つめた。

「追って沙汰を下す、計画を練っておけ」

「はい！」

ジョンは大きく頷いたあと、表情を切り替え、恐る恐る聞いてきた。

「ご主人様……足りなかった十点はなんですか？」

「お前は今、処罰覚悟――死を覚悟して直訴しただろ」

「は、はい」

「余に対しても他に対してもそうだ。人は宝だ、死を覚悟して何かをするのはやめろ」

「――っ！　わかりました‼　さすがご主人様だ……」

ジョンはいろいろ理解してくれたようだ。

いずれ帝国の中枢に呼び戻したい人材だから、会えるときに教えられるだけ教えとこうと。

それができたことに、俺は満足したのだった。

104 皇帝様のイメージ

ジョンと別れた後、ペイユとアイビーを連れて先を急いだ。

使用人の二人に荷物を持たせて、街道を進む。

ペイユはもとより、細身だと思っていたアイビーも意外と力持ちで、荷物を担いで歩いているのにつらそうな様子はなかった。

最初だから体力が追いつかなかったらペースを落としたりする事も考えたが、どうやらその心配はないようだ。

俺は普通のペースで、二人を引き連れて歩いていた。

ふと、アイビーが後ろからおずおずと話しかけてきた。

「あの……」

「うむ？　なんだ？」

首だけ振り向き、アイビーに聞き返す。

「こ、皇帝……様、は——」

「その呼び方はダメですよ」

不慣れなのがありありと見てとれるアイビーに、ペイユは先輩風を吹かしながら指摘する。

「皇帝様、なんて呼び方はないです。陛下と呼びなさい」

「は、はい。陛下、ですね」

「そう。それと今はお忍びだから、正体がバレないようにご主人様って呼ぶように。都に戻ったらその時は陛下です」

「は、はい……えと……はい」

アイビーは混乱していた。

ただでさえ分からないのに、一遍にいろいろ言われてしまうと――って感じで困っているようだ。

「難しく考えるな。当面は全部ご主人様でいい。陛下呼びは慣れてきたら自然とわかるようになる」

「わ、わかりました」

「で、なんの話だ？」

「あっ。えっと、ご主人様、水は……大丈夫なんですか？」

「水？」

「このまま進むと砂漠に入っちゃいます……」

「ああ」

俺は小さく頷いた。

砂漠に入る――それがもともとの目的だ。

アイビーはペイユとともに荷物持ちをしている、そしてこのあたりの出身だ。

自分達が持っている荷物の中に、水が極端に少ない事が気になっているのだろう。

「その事なら大丈夫だ」

「でも、砂漠は水がないと。その……死にます」

アイビーはストレートに「死ぬ」と言った。

俺は砂漠に入ったことはない、知識として知っているだけだ。

が、裏を返せば知識としては知っているということでもある。

砂漠はとにかく水源がないところで、水のありなしは冗談抜きで生死に関わるということは知っている。

アイビーはその事を気にしているのだ。

俺の場合、その知識だけで十分だ。

「大丈夫っていうだけじゃ安心できないか」

「え、はい……」

「こらっ、それはご主人様に対して無礼ですよ」

「ご、ごめんなさい」

「いい。まだ仕えたばかりだ、無理もない。今からその不安を取り除いてやろう」

俺はそう言い、リヴァイアサンを取り出した。

サイズを自由自在に変えられるリヴァイアサンは、普段は針よりも小さくして、耳の中に隠している。

それを取り出して、元のサイズに戻した。

「ど、どこから……」

驚くアイビー。

俺はにこりと微笑んでやった。「驚くのはまだ早い」と。

驚くアイビーが立ち止まったから、俺も立ち止まって、振り向いてリヴァイアサンを突き出した。

「やれるか？　リヴァイアサン」

『造作もない』

リヴァイアサンが応じると、水平に突き出した切っ先の先端から、ちょろ、ちょろと水が滴り落ちた。

まるでその辺の湧き水かのようなわずかな分量だが、それでも「剣」という物体から延々と流れ出る水は、何も知らない人間からすれば不思議な光景だ。

案の定、アイビーが驚愕する。

口をぽかんと開け放って、驚愕してしまう。

「こ、これって……」

「水は蒸発して空気中に逃げる。このリヴァイアサンは、空気中にある水気を自由に水に変えることができる」

「そ、そんなことが!?」

「ああ」

「すごい……」

驚嘆し、絶句するアイビー。

実例を見せなければ何を言ってるんだ、ってなる話だろうが、実際に目の前で「剣が水を出し続けてる」のが見えているから、アイビーとしては信じざるを得ない、ってところだろう。

「こういうわけだから、水を持っていく必要性はない。文献で読んだに過ぎないが、砂漠とて水気が皆無というわけでもない。わずかながらでも水を作れる方法があるのだろう?」

「は、はい」

それも文献で読んだものだが、現地の人間は知っていると踏んでアイビーに同意を求めた。

案の定アイビーは知っていて、話がスムーズだった。

「そのどんな方法よりも、リヴァイアサンの方が水をかき集められるということだ。なんなら砂漠でも水浴びができるぞ」

俺はふっ、と微笑んだ。

「み、水浴びも⁉ でも……これだったら……」

驚くアイビーだが、やっぱりリヴァイアサンが出し続けている水が説得力を持っていた。

アイビーは驚きつつも、納得するしかない、という表情になっていた。

一方で、その横でペイユが得意げな顔をしていた。

☆

砂漠に入ると、ペイユの消耗が目に見えて激しくなってきた。

砂に足を取られることが頻発するようになって、歩くペースが遅くなった。

アイビーの方はこの地方の出身だからか、目立った消耗は見られない。

「少し休もう」

「は、はい」

休憩を切り出すと、ペイユの顔は明らかにホッとした。

俺はまわりを見回す。

遮蔽物(しゃへいぶつ)がなく、空は見事に晴れている。

俺は手をかざした。

親指につけたままの指輪を変形させて、太陽のある方角に大きな壁を作った。

それが遮蔽物となって、かなり広範囲にわたっての日陰を作り出した。

「涼しい……」

「荷物を下ろして少し休むといい。アイビーもだ」

「わ、わかりました」

「水も飲んでおけよ」

俺の言葉に、二人の少女がそれぞれ頷いた。

ペイユは荷物を下ろすとそのまま地面にへたり込んだが、アイビーは幾分か余裕があるようで、俺の前にやってきた。

「何かする事はありませんか、ご主人様」

「今はない。それよりもしっかり休め」

「いいんですか？」

「ああ」

「ご主人様は……ジョン様と似てる」

「うん？　どういうところだ？」

ジョンと似ていると言われて、その訳に興味を持った。

俺は微笑みながら、アイビーに聞き返す。

アイビーはおずおずと答えた。

「その……仕事終わったら休んでいいって言ってくれるところです」

「ふむ？」

俺は少し考えた。

一瞬考えて、理解した。

「ああ、『元を取る』話か」

「元を取る？」

俺の言葉に、今度は逆にアイビーが首をかしげた。

「ジョンの前にケチ性の雇い主の下でも働いてたのか？」

「は、はい。売られる前に、ほんのちょっと」

「なるほど」

俺は小さく頷いた。

雇い主の中に、そういう人間がいることは理解している。

そういう人間の考え方はこうだ。

給料を払って雇ってる人間が仕事をしていないと、払った給料が損になってしまうという考え方だ。

だから、雇った人間には休みなく働くことを要求する。

一種のケチというわけだ。

言い方を変えれば「元を取らなきゃ」という考え方だ。

もちろん、俺はそんな考え方を持っていない。

ある程度までなら、商人あたりには必須の感覚だからそれ自体否定はしないが、俺はそういうふうにするつもりはまったくない。

「余のやりようを見て、それでジョンが学んでいったのだろう」

「な、なるほど……」

「だったらそのままのつもりでいていい。余は延々と働けとは言わん。休めるときはちゃんと体を休めておけ」

「わかりました……」

アイビーはそれで一旦引き下がったが、完全に納得したわけじゃないようだ。

「ふむ、なにか気になることでもあるのか？」

「え？」

「余のやり方に納得していないのだろう？」

「そ、それは……」

「なにが気になる、話してみろ」

「……」

アイビーは俺を見つめた。

本当に話していいのかどうか、って顔をしている。

俺はちらっとペイユを見た。

彼女はまだへばっている。

俺が作った日陰で目を薄く閉じて休んでいる。

ペイユが回復するまでなら、じっくりと話を聞いてやろうと思った。

そうやってじっと待った。

急かさないのがよかったのか、やがてアイビーの方からおずおずと口を開いてきた。

「ご、ご主人様って……本当に皇帝様――じゃなくて、陛下、なんですか？」

「ふむ」

俺は小さく頷いた。

「イメージの中にある皇帝像と違ったか？」

朗らかに笑いながら、アイビーに聞き返す。

「はい……」

「どういうイメージだ？　アイビーの頭の中にある皇帝像は」

「えっと……」

「忌憚(きたん)なく話していい。余が聞いている事なのだからな」

「は、はい。その……すごくきらきらした服を着てて、ものすごい大勢の人間を従えてて、ご飯もすごく贅沢(ぜいたく)して」

「贅沢か。どういう感じなんだ？」

「おかずを百品くらい並べて、全部一口だけ食べてあとは捨てる、とか」

「あはははははは」

俺は大笑いした。

庶民が持っているステレオタイプなイメージそのままで、一周回って面白(おもしろ)くなったのだ。

「そんなことはしない。そもそもだ」

「え？」

「全部一口でも百口、よほどの大食漢でもない限りそんなにはいらん」

「そ、そうですよね」

「他には？」

「えと……美女をとにかく集めて、その……」

「あはははは、そうかそうか」

これまたステレオタイプで、俺は大笑いした。

「そっちはあながち間違いではない。余の父、先帝陛下は数十人の妃と数百人の女官を召し抱えていた。皇帝は世継ぎを作らねばならん、確実に跡継ぎを産むには数に頼るほかないのだ」

「じゃあ、陛下も？」

「そうだな、余にも三人ほどいるな」

「え？　それだけ？」

驚くアイビー。

どうやら予想よりも遙かに少なかったようだ。

まあ、少ないだろうな。

それは理解している。

俺はおそらく、帝国史上もっとも後宮が寂しい皇帝だろうな。

「……」

アイビーはぽかーんとした顔で俺を凝視している。

何に驚いているのか手に取るようにわかる。

その辺の商人でももう少しは妾とか囲ってるもんだろうからな。

「ふっ、確かに余はお前が思っているような皇帝とは少し違うかもしれんな。本当に皇帝かどうかは帝都に戻ればわかる。それまではジョンの事を信じていろ」

「は、はい」

アイビーは少し慌てて、しかし素直に頷いた。

ジョンの事を信じろ、というのが効いたようだ。

「さて……」

話が一段落して、俺はペイユの方を見た。

ペイユの回復度合いをチェックして、出発できるかどうかを見るためだ。

「む？」

「ご主人様？」

ペイユは充分回復したみたいだ。

それ故(ゆえ)、俺の表情が変わったのに気づいたようだ。

俺はペイユ越しに、彼女の背中――その先を見ていた。

どこまでも広がる砂原、熱気でゆらめく地平の向こうから、砂塵(さじん)を巻き上げながらこっちに近づく一団があった。

「馬、か」

「え？」

驚くペイユ、パッと振り向く。

アイビーも同じように俺達と同じ方角に視線を向けた。

砂煙を巻き起こしているのは人を乗せた馬だった。

体格が普段見ている馬とは違う、軍馬でも駄馬でも馬術用に美しく育った馬でもない。

「この地方特有の馬があるのか?」

俺はアイビーに聞いた。

「と、特有、ですか?」

「ああ。……砂漠を走るのが得意とか、そういうのだ」

「はい、ありますけど……」

「そうか」

俺は頷き、再び砂塵の方に視線を戻した。

そうこうしているうちに、馬に乗った一団がこっちに来て、何か言うよりも先に俺達のまわりを取り囲んだ。

数は……馬が二十、乗っている男がざっと三十。

全員がならず者っぽい格好をしている。

俺は連中を見回した。

一人だけ、そこそこの雰囲気を出している男がいた。

男は片目がつぶれていて、その目を斜めに顔を横断する大きな傷痕がある。

「どっかのボンボンか?」

男は俺達を見て、そんなことを言ってきた。

「何者だ?」

「なあに、ちょっとばっかし酒代をお裾分けして欲しいだけよ」

「なるほど強盗か」

俺は小さく頷いた。

見た目通りの連中ってわけだ。

「人聞きの悪い事を言っちゃいけねえ」

「言うのをやめなかったら？」

「広大な砂漠に干物が一つ増えるだけだ」

「そうか」

「へ、ご、ご主人様」

アイビーは震えて、怯えた目で俺にすがってきた。

「案ずるな」

「で、でも」

「まあ見ていろ」

俺はふっと笑い、男達——盗賊の頭目の方を向いた。

「リヴァイアサン」

『はっ』

魔剣を出さずに、リヴァイアサンの名前を呼ぶ。

「殺すな」

『御意(ぎょい)』

リヴァイアサンが応じた――直後の事だった。

俺の体のまわり――全身から水柱が吹き出した。

太さは子供が遊びに使う水鉄砲程度のもの、しかし勢いは比べものにならないほどだった。

まるで水の針――それが一遍(いっぺん)に百本以上吹き出して、一瞬で盗賊ら全員の手足を貫いた。

「うわあああ！」

「ぎゃあああ！」

男達は全員、水の針に貫かれて落馬した。

俺が命じた通り、リヴァイアサンはしっかり手加減して、誰一人として殺していなかった。

中には死んだ方がましってくらいの手傷を負ったやつもいるが、ともかく誰一人殺していない。

「すごい……」

一瞬の出来事に、それを目撃したアイビーの口からそんな言葉が漏れ出したのだった。

105 彼女はまだ、理解できない

NOBLE REINCARNATION

「くそがあああああ！」

リーダーらしき男が、武器を振るって俺に飛びかかってきた。

得物は肉厚の大剣、本人の体格も合わさって軽々と振るっている。

リヴァイアサンの一斉攻撃で手傷を負ったが、動きには支障のないレベルでの軽傷だ。

『こしゃくな――』

「いい、リヴァイアサン」

気配が震えるリヴァイアサンを制止して、元の姿にして、剣として握る。

リヴァイアサンで、男の斬撃を受け止める。

剣戟音が鳴り響き、火花が飛び散った。

何もないところから現れたように見える物々しい剣を見て男は一瞬ぎょっとした。

そのまま鍔迫り合い――と思いきや、男はギリッ、と歯を食いしばった後、一旦俺を競ったままで押しのけると、大剣をぶんぶんと振って斬りかかってきた。

「うおおおりゃああ！　こなくそー!!」

ぶんぶんと、気流の渦を巻き起こしそうなほどの勢いで何回も斬りかかってくる。

それを俺はリヴァイアサンで受け止めたり、受け流したりする。

男は斬撃一辺倒ではなかった。

たまに大剣を地面に突き立てて砂を巻き起こしたり、流れた血を俺に飛ばして目くらましを狙ったりしてくる。

「……なるほど、いいボス」

「――っ！」

俺の言葉に戸惑い、驚愕する男。

「止めろリヴァイアサン、足を止めるだけでいい」

『御意』

刀身が震えるリヴァイアサン。

さっきと同じ感じで、しかし遙かに細い水の柱――水の針が一斉に飛ばされた。

男が俺の気を引きつけている間に逃げ出そうとする盗賊全員の足を止めた。

「み、見えていたのか……」

攻撃の手を止め、構えたまま俺をにらみ、顔をゆがめる男。

「不自然に動きが大きく、オーバーだったからな」

「くっ」

「どこで指示を出していた」

俺は男に聞いた。

実の所、男が俺の気を引くために攻撃しているのだとは最初気づかなかった。

襲ってきてすぐだということもある、こんな速攻で撤退を決断する盗賊は見たことがないからだ。

「指示なんか出してねえ」

「ほう？」

「命あっての物種だ、ダメなときはいつも逃げろって言ってある」

「なるほど。部下思いなのだな」

「部下じゃねえ、兄弟達だ」

「ふむ」

俺は小さく頷いた。

余人には理解しがたい関係性であるようだ。

「なんで女を人質にとらなかった？」

俺は更に聞く。

ペイユとアイビーは小さく震えたが、手をかざすジェスチャーで安心しろと伝えたまま、男をじっと見つめる。

「そんなのでどうにかなるような力の差じゃねえだろ」

「ふむ、状況判断も素早い」

俺は男を改めて見た。

やってることがやってることだし、出会いの仕方も悪いが。

目の前にいる男は間違いなく人材だ。

俺はペイユに首だけ振り向き、肩越しに命じる。

「ペイユ、ポーションを出せ」

「え？」

「怪我の重いところから直していけ」

「は、はい！」

ペイユは一瞬戸惑ったが、それでも主である俺の命令に従い、荷物の中からポーションを取り出した。

最近開発したばかりのポーション、戦略物資にさえなる貴重な品。

リヴァイアサンの水と違って、すぐに使えるように作って、現物で持ち歩いている。

それをペイユが取り出した。

そして先輩らしく、アイビーに手伝うように言った。

アイビーは何がなんだか分からなかったが、それでもペイユの手伝いをした。

「け、怪我が一瞬で治った……⁉」

ポーションを初めて見るアイビーは驚愕した。

「これ、ご主人様が作ったものだよ」

「作った？」

「そう、すごいでしょ。これをつければどんな怪我だって治っちゃうんだから」

「うそ……でも本当だ……。すごい……」

ポーションの威力に言葉を失うアイビー。

驚いているのはアイビーだけじゃなかった。

ポーションで怪我が一瞬で治ったという実体験をした盗賊達も驚愕し、何が起きたのかわからない、ってヤツも多かった。

一方、引いたポジションから「全体」を見ている男は、驚きつつも、状況が把握できていた。

そんな男は、驚きと警戒が半分、そんな顔で俺を見てきた。

「なんで助ける」

「脅威ではないからだ」

「なに？」

「お前は一瞬で俺にはかなわないと判断した。なら全員の怪我を治しても、それで襲いかかってくることもないだろう」

「……」

「それに人は宝だ、むやみに死なせていい道理もない」

「追い剝ぎだぞ」

「追い剝ぎに死罪はない。帝国法ではどう重く量刑しても終身刑にさえならん」

件数が重なって、数百年の禁固刑――という事もあるが、それでも終身刑や死刑とはステージが違う。

「だとしても」

男は警戒したまま俺に聞く。

「わざわざ直す理由がねえ。なにが目的だ」

「話を聞かせろ」

「なにぃ？」

「部下――ああ兄弟達だったか。怪我を治してやれば話くらいはしてくれるだろ？」

「……なにが聞きたい。天気か？　それとも近いオアシスの場所か？」

「ははは、なるほど、ここでは天気の話には価値がつくのだな」

俺は楽しげに笑った。

男の語気から、「天気」というのが軽口の類いではないと感じたからだ。

確かにこの砂漠だ、この劣悪な環境での天気は場合によっては生死を分かつレベルの情報になると想像に難くない。

それを差し出そうとしているのなら、話ができるのだと理解した。

「まずはそうだな、ありきたりだがなんでこんな稼業をしている」

「食えねえからの他になにがある」

「ふむ」

「元手のいらねえ商売なんかそんなになにねえよ」

俺は小さく頷いた。

人類最古の職業は二つあると言われている。

男は傭兵、女は娼婦。

いずれも、最終的に体一つでできるものだ。

そういう意味では、盗賊・追い剝ぎも身一つで出来る「元手いらずの商売」といえなくもない。

「傭兵になるのは考えなかったのか？」

「傭兵なんかににゃなれねえよ。ちゃんとした武装とかねえと雇い主もまず見つからねえ。運良く見つかっても捨て駒用だ」

「ああ……そうか、そうなるのか」

俺は頷き、納得した。

その発想はなかったが、確かに雇う側からすれば、通常は戦力として武具装備も見る。

そういう意味じゃ、まともにやろうとすれば傭兵は「元手」がいる。

追い剝ぎなら最低限の武器だけでいい……なるほど。

「聞きたい話はそれだけか？」

男は苛立ちながら言ってきた。

盗賊・追い剝ぎにまで身をやつしたいきさつなんて話したくもない過去だ、と言わんばかりの顔だ。

まあ、そうだろう。

つらい過去でもなければこんな稼業に落ちてくることなんてそうそうない。

ましてや、これほどの才能を感じさせるほどの男だ。

「いや、もう一つある」

「さっさと聞け」

「盗賊をやめる気はないか？」

「はっ！」

男は鼻で笑った。

「やめられるならとっくにやめてらあ」

「質問をよく聞け。盗賊をやめる気はないか？」

「……やめられるならとっくにやめてる」

男はトーンダウンした。

同じ言葉なのに、意味合いが違っていた。

最初は意地や侮蔑（ぶべつ）の意味合いがあったが、二回目はつらさの吐露……という感じになった。

「軍に入るつもりはあるか？」

「入れねえよ……あんなの、まともな出身のやつしか」

「紹介があればそうでもない」

「なに？」

「……」

男は俺を見つめた。

俺も無言で男を見つめ返して、返事を待った。

「お前……一体……」

「そんなのはどうでもいい。お前の意思を聞いている」

男の態度がさっきに比べてかなり軟化した。

まわりの「兄弟」達を見た。

ポーションで治った連中も、男と同じような困惑の色が顔にあった。

男は俺に向き直り。

「で、でも。俺達はもう札付き、こういうのをやってるって手配されてるし」

「そんなのたいしたことじゃない。正直に話せ、今までで何人殺した」

「こ、殺したのは……十は超えてねえ……」

「この団全員でか？」

「ああ……」

「だったら話は簡単だ。その数ならそれぞれ禁固刑三十年、あるいは従軍刑三年だ」

帝国法では、量刑次第ではあるが、従軍刑は禁固刑の十分の一になることがよくある。

理由はいくつかある。

まず帝国は「戦士の国」で、常に近隣の小国と戦っていて、兵士の補充が必要だからだ。

そして従軍刑で兵士にして、数年も生き延びれるような人間なら、囚人としてではなく兵か将として登用した方がいいという考え方がある。

そもそも、兵士になってもすぐに死ぬのだから、従軍刑の長さにさほど意味はないというのもある。

兵務省と法務省の両方にいた俺は、その事をよく理解している。

「従軍刑なら合法的に軍に入れる」

「ぜ、絶対そうなるって決まらねえだろ」

「だから紹介と言った」

「――っ!」

男はハッとした。

そして俺を見つめたまま、

「お前……何者だよ……」

「お前を確実に軍に送れる程度の立場にいる人間、とだけ言っておこう」

「……本当にできるのか?」

「騙(だま)されるな兄貴! そんなの俺達を騙そうとしてるに決まってる!」

「そうだそうだ! 騙して牢(ろう)に閉じ込めるつもりだ!」

揺らぐ男に、部下達が大声をでした。

それを聞いて、男は力なくため息をついた。

「俺達をここで全滅させられるような男が、なんでそんなまわりくどい事をする必要がある?」

「うっ……」

「そ、それは……」

男の指摘に、全員が黙り込んでしまった。

男は改めて俺を見つめ。

「本当に……か？」

「ペイユ」

「はい！」

ペイユは荷物の中から紙とペン、そして小さな板を取り出した。

板を持って、即席の机にして、俺の前に立った。

俺はペンを取って、紙にさらさらと文章を書き記していく。

「印を」

「はい」

ペイユは改めて用意していた印を差し出し、俺はそれを受け取って、紙の最後——署名のそばに印を押した。

最後にもう一度文面を読み直してから、ぽかーんとしている男に渡す。

「これを代官か州長官のところに持っていけ、悪いようにはしない」

「……あんた」

「道は敷いてやった、後はお前の頑張り次第だ」

「……ありがとう、感謝する」

男は深々と頭を下げて、俺が渡した手紙を大事に握り締めた。

☆

男達が去った後、ペイユが聞いてきた。

「よかったんですかご主人様、あのまま逃がして」

「事実上の自首だ、問題ないだろう」

「でも、軍に入るんですよね。軍でも同じことをしてたら……」

ペイユの言いたいことはわかる。

軍にも、略奪をするというイメージがあるからだ。

「問題ない」

「も、問題ないいんですか？」

「そうだ。民が盗賊行為で人を殺しても禁固刑で済むが、許可のない略奪は軍法だと最低で死刑だ」

「そ、そうなんですか！」

「ああ」

軍の規律を守るために、普通の法律よりも軍法の方が罰が重くなっている。

もちろん罰だけじゃない、出兵の際「どこそこを落としたら何日間の略奪を認める」という飴(あめ)も付け加えなきゃならないが、それを今ペイユに話す必要もない。

「あくまで道を敷いてやった。そこからどうなるかは本人次第だ」

「そっか……さすがですご主人様。形は違うけど、私の時と一緒ですね」

「そうだな」

ペイユは家として引き取り、保護した。

男達は国として引き取り、保護した。

多少形は違うが、本質的には同じこと。

それを理解したペイユもまた、賢い女なのだと、俺はちょっとだけ嬉しくなったのだった。

☆

アイビーは戦慄していた。

ノアがした事をまったく理解できなかった。

なんで盗賊を罰さずに、治療したり解放したり、挙げ句の果てには職を斡旋したりするのだろうか。

それを理解できなかった。

人間は、自分が理解できないものを恐れる。

アイビーはまだ、ノアを理解できずに恐れている、そんな段階だったが。

「……」

それと同時に、ノアの事が前よりも気になりだしたのだった。

106 民の怒り

NOBLE REINCARNATION

サラルリア州、州都レアララト。

元は砂漠の一オアシスだったここが、行政上州都に据えられた事で、今ではサラルリア州でもっとも栄えている街となった。

とはいえ、

「……ふむ」

帝都から来た俺からすれば田舎町そのもので、前世の記憶を持った目で見ても寂れている感が否めない。

ただ、砂漠に適した様式なんだろうか、これまでに立ち寄った街とは建物の見た目がまるで違っていた。

帝国の州ではあるが、まるで異国にやってきた、そんな不思議な感覚になった。

また、住民の顔つきも違う。

ほとんどの人間がこの降り注ぐ強い日差しに比例するかのように陽気な性格をしているが、同時に大半が痩せぎすで、顔が皺だらけだ。

砂漠という過酷な環境に生きていればこうなるのか、と興味深く思えてきた。

「さて、まずは宿を探そうか」

「はい！　お任せくださいご主人様！」

ペイユが応じて、小走りで先を行った。

俺もアイビーを連れて後を追う。

ペイユは建物の前で都度立ち止まって中をきょろきょろして、三軒目になったところでようやく中に入った。

ゆっくり歩いて追いかけると、丁度追いついたところでペイユが出てきた。

「お待たせしましたご主人様。お部屋が二つあったそうです」

「うむ」

頷き、建物の中に入る。

外からわからなかったが、宿だったみたいだ。

「いらっしゃい」

奥に入ると、初老の男が出迎えてくれた。

痩せていて、顔も皺だらけだ。

この街としては標準的な顔つきなのだから、もしかしたら俺が推測しているよりも実年齢が若いのかもしれない、そう思えた。

「お客さん、早速部屋でお休みかい、それとも何か食事を用意しようか」

「そうだな」

俺は建物の中を見た。

日差しから解放されただけで、室内はひんやりとしていて心地よかった。

その分炎天下を歩いてきた疲れが一気に出て、体が水分を欲しがっていた。

今立っているところがロビー的な作りで、テーブルがいくつも置かれて酒場的な雰囲気だ。

宿屋の中の作りは他の街とは大差ないのだなと思った。

「なんかつまめる物と、飲み物をくれ。ペイユ、アイビーと一緒に荷物を置いてこい。疲れてたら休んでていい」

「わかりましたご主人様」

「わ、わかりました」

俺が命じた後、奥から別の男が出てきた。

若い男で、こっちはさすがに二十代の前半って感じだ。

その男がペイユとアイビーを案内して階段を上がっていく。

一方、俺は空いてる席の一つに腰を下ろした。

若い男と入れ替わりに一旦奥に引っ込んだ老人は、何皿かのつまみと、陶器の開口瓶をトレイに乗せて戻ってきた。

それを俺のテーブルの上に置く。

つまみは乾き物がメインで、特筆するものはなかった。

開口瓶からはふくよかな香りが漂ってきた。

「酒か」

「お客さん、外地のひとだね」

「ああ」

「ここじゃ水よりも酒の方が安いんだよ」

「なるほど」

水が貴重なのはここまでの道程でわかったが、水よりも酒の方が安いのは驚きだ。

「水はなんにでも使えるけど、酒は飲むことにしか使えないからね」

「なるほど、道理だ」

俺は皿のつまみを一切れ摘まんで、口に入れた。

やっぱり味はたいしたことなかった。

「そうなると、例えばこの皿はどう洗うんだ？」

「この土地で、旅行者相手の商売をしない人間は『洗う』という言い方をしない。砂をかけて、それで汚れを取るからね」

「ほう、それは面白い」

俺は笑いながら、懐から十リィーンの金を取り出して、老人に渡した。

帝国の法定通貨だ。

来る前にサラルリアでもちゃんと使える事がわかっている。

それを差し出すと、老人はパアァ、と顔をほころばせた。

「いいんですか、こんなに」

「ああ。チップだ」

「ありがとうございます。なにか他に必要なものは？」

老人は目を細めて、顔もくちゃくちゃにさせるほどの笑みを浮かべて聞いてきた。

上客だと認識したらしく、一気に愛想がよくなった。

「そうだな。このあたりで最近なにか変わったことはないか？」

「最近ですか……そりゃあっちこっちの代官が変わったのが一番大きいですね」

「代官が？」

「ええ、領主様が変わったことで、子飼いの代官が全員引き上げられたんだとか」

「ああ」

俺は頷いた。

確かにそうだ、そうなるものだ。

家人級ではないただの代官だと、そのレベルの人事はいちいち皇帝である俺のところまでは上がってこないから、把握してなかった。

ちなみに家人級でも法制度上皇帝に報告する必要はないのだが、親王邸から出て行った家人は形式上、親王が何らかの形で皇帝の耳に入れるようにしている。

それからもいろいろ宿屋の老人から話を聞いた。

ペイユとアイビーが戻ってきたから、手を振って老人を下がらせた。

二人が俺のそばにやってきた。

アイビーが俺のそばに座ろうとするが、ペイユはそうしなかった。

腰を下ろしかけたアイビーがペイユを見て固まった。

どっちも間違っているが、結果論で言えばペイユの方がより間違ってる。

「人目がある、座れペイユ」

「は、はい！　すみませんご主人様」

ペイユは慌てて俺の横に座った。

座りかけて、中腰で固まったアイビーにも言う。

「今はいい、座れ」

「は、はい。今は、ですね」

「ああ」

頷く俺。

アイビーは座りつつも、何かぶつぶつ唱えて、自分に言い聞かせているようだ。

皇帝である俺と、使用人は本来同じ席に座らないものだ。

宰相や親王であっても、許可なしに同席することはない。

だから、当たり前のように横に座ろうとしたアイビーは本来間違っている。

一方で、お忍びという形で出てきたのに、一緒に座ろうとしないペイユも間違ってる。

豪商や領主級だと、使用人を同席させないということも普通にあるが、そこまで目立ちたくない。

「ふむ……」

このあたり、俺もまだまだだなと思った。

皇帝としてのお忍びの経験がまだ少ないから、俺自身も改善の余地がある。

「ペイユ、紙とペンを」

「は、はい」

ペイユに命じつつ、俺はフワワの箱を作った。

ペイユから受け取った紙に、俺が書いているのを、アイビーはじっと見つめてきた。

「そういえば、読み書きはできるのか？」

「メアリー様から学んでる最中でした」

「そうか」

「文字は一応読めますけど……内容が読んでも全然わかりません」

「……ふむ、なるほど」

俺は手を止めて、熟考した。

「な、何かいけないことを言いましたか？」

俺の思考に割り込んでくる感じで、アイビーが恐る恐る聞いてきた。

ここが彼女のまだ擦れ切っていないところで、少しだけ面白いと思った。

「いや、よく気づかせてくれた」

「え?」

「ついつい当たり前になっていたが、公文書とかのクセでもったいぶった言い回しをする。例えばだ」

俺はそう言い、書き始めた文章の頭の三行をまとめて線を引いて、取り消しを意味させた。

「このあたりの修飾句は本文にまったく関係がない、いらないものだ。ものによっては平文――喋り言葉でいいんだよな」

「は、はあ……」

「そういう意味ではよく気づかせてくれた、礼を言う」

「え? 私はただわからなかっただけで」

何故自分が感謝されたのかもよく分からないって感じのアイビー、ものすごく困惑し、恐縮していた。

「ご主人様はいつもこうだから」

「え?」

「私達のような身分の人間の話もよく聞いて、場合によっては採用してくださるんです」

「あっ……それはすごい……」

ペイユの説明で理解したらしく、アイビーは驚き、感嘆した。

「偉い人なんて、話全然聞いてくれないのに……」

その認識もどうなのかと思うが、あながち間違ってもないだろうなとは思った。

俺は試しに、修飾句なしの平文で文章を綴った。

腹心のドンに送るものだ。

内容は、諜報関連を強化し、代官の人事をもっと密に把握させるように、という内容だ。

本来は必要ないが、俺は父上の事を見てきた。

圧倒的な情報網を築き上げた父上の事を。

情報は武器だ、使う使わないはともかく、情報は常に集めておいて損はない。

代官の把握ができていなかった事を気づかされた俺は、ドンにそれも把握するようにという命令を出す——という文書だ。

諜報関連は皇帝としての公文書ではないから、印は押さないで、代わりにドンにだけ開けるようにフワワの箱に収めた。

そうした後、集中していた意識が通常に戻った。

ふと、外が騒がしい事に気づいた。

なにやら怒気を含んだ騒がしさで、ペイユもアイビーも不思議がりながら視線を入り口の方に向けている。

「アイビー、何があったのか聞いてこい」

「はい！」

アイビーは立ち上がり、宿屋の外に出た。

数分後、彼女は深刻な顔で戻ってきた。

「どうだった？」

「両替税の値上がりです」

「ふむ？」

「新しい代官が来て、それで両替税を前の三割引き上げるって布告を出したんです。それで怒ったみんなが代官のところに抗議に行くって」

「なるほど」

両替税か。

両替税というのは、特に地方に存在する税金の一つだ。

庶民――特に農民レベルになると、毎年の納税は細かい銭で支払われる。

それを受け入れていくと、地方の代官の手元に大量の小銭が集まる。

そして税金は一度中央に納められて、それから分配される。

当然、大量の小銭を地方から帝都に運ぶなんてできない。

商人なりに金貨とか手形とかに両替して運ぶのが一般的だ。

そこには当然手数料が発生し、損耗が生じる。

両替税というのは、その損耗を予測した上で、通常の税金に上乗せされる手数料的な事をいう。

ちなみにそれは各地の代官の領分だが、ほとんど言い値で通ってしまう。

現実問題、帝都から遠ければ遠いほど、あるいは天候なりの事情によって必要な両替の手数料も変わってくるから、そこで猶予を持たせた。

それをいいことに、代官らは私腹を肥やし放題――というものがある。

「ひどい代官ですよ！　いきなり三割も上げられたらみんなやっていけないです！」

アイビーはぷりぷり怒った。

ジョンに保護されるような身の上なのだから、増税で喘ぐ人間に感情移入しているのだろう。

俺は酒を一口、唇を湿らすように口をつけた。

アイビーは俺をちらっと見た。

「……」

「あの、ご主人様……」

「なんだ？」

「なんとかなりませんか？」

「あれは適法だ、この場で俺が正体を明かしたところで、適法の範囲内だと主張されれば何も言えなくなる」

「そんな……」

落胆するアイビー。

むろん、そんな代官はいない。

皇帝がやめろと言っているのに「これは適法だから」で押し通せる代官は存在しない。

だから実際は、俺が出ればこの場は収まる。

この場は、だ。

アイビーの表情が落胆から失望に変わりつつあった。

結局は民に何もしてくれないのか……と思っているのがありありと見て取れた。

「心配しないで、ご主人様にちゃんと考えがあるはずだから」

アイビーの失望がよほどわかりやすかったのか、ペイユさえもそれを読み取って、彼女をたしなめた。

「考え？」

「うん。ですよねご主人様」

「ああ」

「でも、法律的には正しいって……」

「だったら法を変えればいい」

「え？」

「法を変えてはならないという決まりはどこにも存在しない。むしろ状況、世情に合わせて日々変化しているものだ」

「えっと……」

「部屋に戻る。ペイユ、印の準備を」

「はい！」

「あの……何を？」

「オスカー――財務大臣に手紙を出す。今年はもう間に合わんが、来年から両替税を国有化させる」

国有化させて、そのあと分配させる。

俺は二人を引き連れて階段を登りつつ、腹案を頭の中で練っていた。

「国有化……」

「私もよくわからないけど、代官様が不正を止めるようになるんだと思います、きっと」

「そんなことができるんですか……?」

「ご主人様なら簡単だよ」

「す、すごい……」

まるで自分の事を自慢するように話すペイユに、感嘆するアイビー。

利権に切り込む、という話だから言うほど簡単な事じゃないが。

それでも放っておけば、いずれ大きなうねりになって民の反乱に繋(つな)がる可能性のある事だから。

早いうちに何とかしなければと思ったのだった。

107 為政者がすべき事

NOBLE REINCARNATION

宿に泊まって三日たった昼過ぎ、部屋で前の日の政務文書に目を通していると、ドアがノックされた。

「ペイユか、入れ」

顔を上げずに、ノックの音と気配で判断した。

果たしてノックしたのはペイユで、彼女は入室して、俺に静々(しずしず)と一礼した。

「ご主人様、お客さまがお見えです」

「ふむ、誰だ？」

「第八親王殿下の家人って名乗ってます」

「わかった、通せ」

「はい」

ペイユはもう一礼して、入ってきた時と同じ雰囲気のまま退出した。

俺はそのまま政務を続けた。

詳しい返事が必要なものだったから、頭の中で一度文章をまとめてから書き込んでいく。

ノックが再びされた。

「入れ」

許可をすると、ペイユの時よりも更に恭しい感じでドアが開かされた。

入ってきた者が入り口近くで跪いたのが気配でわかった。

「リオ・レオ、天顔を拝し光栄至極に存じます」

「うむ」

俺は頷きつつも、途中だった書き物を続けた。

細かい指示が必要だったから、全部書き切るまで五分近くかかった。

ペンを置いて、更に内容のチェックに二分くらいかかった。

指示の内容が問題ないと判断してから、ペンを置き顔を上げる。

リオ・レオと名乗った男が頭を下げたままだった。

肩で息をしてて、汗だくだ。

見るからに急いできたのがわかる。

「立って良い。オスカー様のご命令で、『急行』で参りました」

「はっ。オスカー様のご命令で、『急行』で参りました」

「なるほど」

急行、というのは急ぐ度合いの事だ。

命令や文書を届ける時、その重要度によって急ぎ方が変わる。

大まかには「急行」と「特急」の二種類がある。

急行というのはそこそこに急ぐもの。

馬を乗り継いで早く届けようとするものだが、その際馬を使いつぶしても構わない、というレベルの急ぎ方だ。

特急は急行よりも更にワンランク上だ。

この場合、馬に乗る人間の生死さえも問わない、とにかく急げというレベルだ。

人間の生死も問わないのだから、同じ文書を持った人馬を同時に三組送り出して、どれか一組が生きて届ければいい、というものだ。

滅多(めった)に使わないが、その上に「超特急」という、緊急の軍報の時くらいにしか使わないものがある。

オスカーは自分の家人、更には急行でよこしてくれた。

「落ち着いて話そうか。ペイユ、リオに椅子を」

部屋の外に向かって呼びかけると、ペイユが椅子を一脚持ってきて、リオのそばに置いた。

リオはすぐには座らず、その場でもう一度跪いて、

「ありがたき幸せ」

と言ってから、立ち上がって、尻(しり)を半分にして遠慮がちに座った。

これも作法の一つだから、とやかくは言わなかった。

「さて、オスカーはなんと言っている」

「はっ。財務大臣としては賛成ではあります、との仰(おお)せでした」

「反対する立場もあるということか」

「さすが陛下、ご明察でございます」

リオは座ったまま軽く一揖した。

「一親王としては手放しに賛成できない、との仰せです」

「理由は？」

「両替税は施行してから百年以上、慣例となっていて、利権も多く絡む。それを取り上げてしまうと各地の代官、および引退した大臣の反発度合いが予想できない、と」

「引退した大臣？　……ああ」

「……さすがでございます」

リオは神妙な顔で頭を下げた。

オスカーの言う通り、そこは確かに危惧するところだ。

親王の家人の他にも、宰相級の大臣が騎士選抜の選考官になって、子飼いを増やすことがある。

俺がシャーリーを選んだのと同じようにだ。

そしてその子飼いを代官に出すこともままあること。

そしてその子飼いらは、慣例として自分を輩出した大臣に上納金を差し出すことが多い。

その上納金がどこから来ているのか――大半が両替税である。

そして大臣らの多くが、どこかの親王の家人である。

皇后オードリーの実家、雷親王も、家人から三人くらい宰相を排出している。

つまり、両替税を取り上げるという話になると、必然的に引退した大臣らを敵に回し、更にはその背後にいる親王を敵に回しかねない。

オスカーが財務大臣としては賛成だが、親王――皇族としては手放しにはいかないと回答をよこしてきたのはそういう理由だ。

「……オスカーが預けた言葉はそれだけか？」

「え？」

「オスカーの事だ、今の話を聞いた余がどう言うのかも予想はついているのだろう？」

「……さすが陛下、このリオ・レオ、心から感服致してございます」

リオはそう言って、一度椅子から立ち上がって、跪いて俺に深々と頭を下げた。

そしてまた立ち上がって、椅子に座り直して、俺をまっすぐ見つめる。

「ご明察の通り、オスカー様はこうおっしゃってました。『陛下は様々な慣習に手をつけておられるから、その理由では引かないだろう』と」

「その通りだ」

最初に手をつけたのは皇女の夫婦関係だ。

皇女は民間人に降嫁（こうか）しても、慣習として身分は維持されるから、夫婦であっても主従のような関係性になる。

夫が妻に会うにもいちいち申請や許可が必要で、それはまともな夫婦関係とは言えないから、俺が皇帝の勅命で廃止してやった。

帝国のそれこそ初期から続いてきた慣習ではあるが、政務には関係のない夫婦の関係。

更には夫——男が抑圧されるという状況に、各世代の親王達が改善には好意的で、最悪でも「好きにしろ」程度の感想だったからスムーズに改革ができた。

もともと、皇帝としていくつかの慣習を改革しようと思っていたところに、降って湧いたその話を利用した。

それによって、オスカーなど一部の親王・大臣らには、俺が慣習に手をつけたがっている皇帝だとしっかり認識された。

今回もそうだ。

両替税に手をつけようとした俺を、オスカーは立場から諫めつつも、どうせ聞かないだろうと予測していた。

「やっぱり人材だよな……」

「はあ、それはどういう?」

「いやなんでもない。話はわかった。オスカーには進めるように返事しろ。詳細は余が帰朝してから詰める、と」

「はっ」

「……方向性だけ伝えておく」

「拝聴致します」

リオは再び立って、俺に跪いた。

跪いたまま、俺の命令を受ける。

「前提として代官から取り上げる。しかしただ取り上げたんじゃ反発はある。そこで両替税分の金をそうだな——ボーナスという名目で代官に配る」

「……っ」

リオは驚いて顔を上げた。

しかしなにも言わなかった。

皇帝が親王に言付けをする場面、自分はいわば伝書鳩だ。

そこに自分の意見や言葉を挟むのは不敬罪に当たる。

親王の家人として、リオはそこをよくわきまえているから驚いただけでなにも言わなかった。

「言いたいことはわかる。それじゃ取り上げる意味がないだろうなのと、下手(へた)したら赤字になるだろう？　ということであろう」

「……」

リオは無言で頭を下げた。

おっしゃる通りでございます——という無言の返答だ。

「雑費もいるから、両替税は一部引き上げる」

「——っ！」

「逸(はや)るな、続きがある。私腹を肥やすためではないのだから、一部上げるが全体的には横ばい程度になる。とはいえ、それでも上げるという事に不満を持つ民が出るだろう」

リオは再び無言で頭を下げた。

「そこでもう一つ、永久に増税しない、という布告を出す」

「――っ！」

「少なくとも余の在位中は永久に両替税を増税しないというものだ」

「……」

リオの表情がものすごく複雑なものになった。

驚き三割、困惑七割って感じだ。

「何に引っかかっている？　許可するから言ってみろ」

「ありがたき幸せ。なぜ増税しない事を代わりに打ち出すのでしょうか」

「国が民に与える一番大事なものは何かわかるか？」

「えっと、金……いや職……衣食住、でしょうか」

「七十点だ、悪くない」

「ありがとうございます！」

「それらをひっくるめて、希望や期待を与えるのだ」

「希望……期待……」

「そうだ、希望や期待を持てるようにするのが国の、為政者の務めだ。金も職も、衣食住すべてが生きるための希望や期待に含まれる」

一拍おいて、俺は更に続ける。

「永久に増税しないというのもその期待を作る一環だ」

「なるほど……さすが陛下。感服致しました」

「うむ。今の話をオスカーに伝えろ。原文を復唱していい。オスカーならそれで上手く草案を練ってくれよう」

「はっ」

リオはもう一度頭を下げて、それから退出した。

出て行ったリオを見送ってから、俺は立ち上がって、窓から外を見た。

オスカーは有能だ、この話で気づくだろう。

この話の本質はむしろ民じゃない、役人の体制・体質そのものを変える一発目の策だ。

私腹を肥やす手段を取り上げた、しかし補塡はしてやった。

それでもなお何かの形で私腹を肥やそうとするのなら今度は許さない、という事だ。

俺は、オスカーにいろいろ便宜を図っている。

帝位以外、望むものなら大抵は与えてやれる。

そこまでやっているのに、それでも帝位を狙ってくるようなら……。

オスカーはきっと、読み取れるだろう。

「帝位は諦めてくれ、兄上。それは父上の名を汚す」

窓の外を眺める俺のつぶやきは、誰の耳にも届くことなく、砂漠の烈日に溶けて消えるのだった。

108 蛾と魔物

数日後の夜、俺はレアララトの街の外に出た。

街から一歩出れば広大な砂漠になる、サラルリア州。

今もそうで、俺は砂漠のど真ん中に立っていた。

「うぅ……」

少女の呻き声に振り向く。

振り向いた先で、ペイユとアイビーが両手を肩に回して、自分を抱きしめる仕草をしていた。

どうやら寒いようだ。

それもそのはず、夜の砂漠は昼間の灼けるような暑さから想像もつかないほど、一気に気温が下がってしまう。

若い少女達にはこの寒さが体に堪えるようだ。

「バハムート、温めてやれ」

『御意』

俺の命令に応じたバハムート。

直後、ペイユとアイビーのまわりにほのかな炎が浮かび上がった。

「あっ、あったかい……」

バハムートが出した炎を見て、ペイユは表情がほっとした。

それまで自分を抱きしめる仕草で小さくなっていたのが、リラックスして体がほぐれた感じがした。

「こ、これって……」

一方、初めてバハムートの力を目撃したアイビーは目を剝くほど驚いていた。

「ご主人様のお力なんだよ」

「力……」

「ご主人様はいろんな力が使えるの。こんなのまだまだ序の口なんだから」

アイビーに話すとき、ペイユは自然と上から目線になる。

先輩メイドとして、言葉にこそしないものの「そんなことも知らないの？」的なニュアンスで話す事がよくある。

ペイユが自慢し、アイビーが感嘆する。

そんな二人を尻目に、俺は空を見上げた。

雲一つない夜空には、まん丸の月が高く掲げられている。

満月。

オスカーの使者が来るのを宿で待っていられたのは、この満月の日を待っていたからだ。

「バハムート」

『はっ』

「あれで足りるか？」

俺はバハムートを呼んで、頭上の満月を指して聞いてみた。

リヴァイアサンじゃないのは、バハムートでペイユらに暖を取らせている最中だったから、ついでにって感じだ。

『はっ、文句のつけようがない満月かと。これなら龍脈の力が最大化されよう』

「うむ」

俺は小さく頷いた。

ここサラルリア州、州都レアララトに来たのは、新しい龍脈を発掘するためだ。

しかし龍脈にはすぐには手を出せなかった。

サラルリアの龍脈は切断されてから年月がたちすぎていて、アルメリアの時以上に枯れている状態だ。

このままじゃ使い物にならないどころか、そもそも龍脈を見つけるのも一苦労だ。

そこで、リヴァイアサンらから提案をもらった。

龍脈は月に大きく影響を受ける。

満月の夜がもっとも活性（かっせい）化して、逆に新月の時はしぼんでほとんど消えてしまう。

だから満月の夜を待って、まずはそれを見つけ出すところから始めることにした。

そして、今がその満月の夜だ。

「ここからどうすればいい」

『我らを使うがいい、主よ』

「我ら、か。わかった」

俺は頷き、目を閉じた。

頭の中で「全員分のイメージ」を思い浮かべた。

リヴァイアサン。

バハムート。

ベヘモト。

フワワ。

アポピス。

ジズ。

俺に付き従う、人間を遙かに超越した者達のイメージを思い浮かべつつ、召喚する。

指輪を媒介にして、全員が召喚された。

リヴァイアサンとバハムートが特に威容を誇っていたが、他の四人も神秘的だったり威圧的だったりして、ものすごい雰囲気を出していた。

さてこれで龍脈を——と思ったその時。

ドサッ、という音が背後から聞こえてきた。

背後を向くと、アイビーが腰を抜かしたのか、砂の上にへたり込んでいる姿が見えた。

「な、なに、これ……」

驚きすぎて、敬語を使うべきだというのも完全に頭から吹き飛んだ様子だ。

そして腰を抜かしているだけじゃなく、全身が小刻みに震えていて、何やら怯えている様子のアイビー。

「怖がる必要はない。こいつらは全員余に従っている者達だ」

「従って、いる」

「お前達を今温めているのも、バハムートにやらせていることだ。なあバハムート」

『はっ』

バハムートは応じて、小さく首を引いて、人間とは違う感じの頷き方をした。

炎竜の姿をしているバハムート。

体の一部も、まさに炎を纏っているという感じの見た目だ。

「こんなにおっきいの……すごい……」

バハムートの本体と、暖を取るために出させている炎を。

この二つを交互に見たアイビーはますます感嘆した。

俺は振り向き、改めて六人と向き合う。

「龍脈は見えているな？」

『はっ、途切れ途切れではあるが』

「繋げればいいんだっけ？　リヴァイアサン」

『はっ』

「それをやれるか？」

『おそらくは』

リヴァイアサンが応えると、他の五人も身じろぎしたり頷いたりして、肯定の意を示してきた。

「ならばやれ。やり方はすべて一任する。とにかく切れた龍脈を繋げろ」

俺が命じたあと、六人は一斉に動きだした。

命令を遂行し、途切れ途切れの龍脈を繋げようというわけだ。

俺はそれを見守った。

とりあえずやらせてみてるけど、俺が口も手も挟まない方がいいように感じたから、ひたすら楽して見守った。

ふと、右前方の少し離れたところに、まるで間欠泉かのように、地中から砂が上向きに柱のように吹き出された。

「な、なにっ！」

「ご主人様⁉」

「うむ、余の後ろに隠れていろ――」

そう言った直後だった。

同じような砂柱が四方八方から吹き出された。

その砂柱の中からトカゲのようなシルエットの魔物が見えた。

サイズはそれなりに大きい、人間くらいなら丸呑みできる程度の大きさだ。

「ま、魔物!? どうして!?」

驚くペイユ、それに対して、アイビーは眉をひそめ若干怯えている様子だが、驚いてはいない。

在地の人間の反応だなと何となく納得した。

「帝国は魔物をほぼ管理できているが、サラルリアは辺境、完全に管理できていない野良の魔物がいると聞いている」

「そんな! ま、魔物がいるなんて」

「街に戻りましょう、街なら大丈夫です」

ペイユに比べてやはりどこか冷静さが残るアイビー。

街に戻ればいい――という提案もちゃんとしているものだ。

「問題ない。バハムート、龍脈と娘らを任せたぞ」

『御意』

応じるバハムート。

直後、俺はリヴァイアサン――魔剣リヴァイアサンを手にした。

普段は耳の穴の中に隠しているリヴァイアサンを元のサイズに戻した。

手に馴染む魔剣をしっかりと握り締めつつ、ペイユとアイビーに一瞥をくれてやった。

「動くな、バハムートが守ってくれる」

「は、はい」

「どうするのですか――」

アイビーに答えてやるよりも早く、俺はリヴァイアサンを構えて飛び出した。

トカゲ達は砂柱の中から現れて、砂の上を器用に這ってこっちに近づいてくる。

顔からして殺気立っていて、こっちを襲う気満々だ。

だったらと俺の方から近づいていった。

リヴァイアサンを振りかぶって、最初に遭遇したトカゲに斬りかかった。

さすが魔物というべきか、トカゲの鱗は普通の猛獣よりも硬かった。

が、問題になるレベルではなかった。

斬りかかった瞬間更に力を込めると、リヴァイアサンの刃がトカゲを袈裟懸けに両断した。

一刀のもとに斬り捨てられたトカゲ。

地面に転がって、何が起きたのかわからないような驚きの顔をする。

その顔――頭にリヴァイアサンを突き立てた。

頭を貫かれたトカゲはビクビクと痙攣し、そのまま絶命して動かなくなった。

一瞬だけ待ったが、復活するようなそぶりはない。

魔物の中には殺しても復活してくるタイプがあると聞くが、トカゲはそういうタイプではないようだ。

ならば、と。

俺は遠慮なく、リヴァイアサンを構えたまま疾走した。

砂の上は平地よりも多少走りにくいが、雪の上よりは大分ましだ。

そんな砂の上を走って、次々とトカゲを斬って捨てる。

復活してこないのはわかったが、生命力が通常の猛獣よりも高いことに変わりはない。

俺は頭を中心に、切り落としたり貫いたりして、確実に倒して、息の根を止めていた。

「きゃあああ⁉」

ペイユの悲鳴が聞こえた。

見ると、彼女達に向かって、数頭のトカゲが突進していた。

よく見ると――

「むっ、巨大化しているのか？」

『龍脈に引かれてきた小バエが、龍脈に当てられたせいだろう』

リヴァイアサンが答える。

なるほど龍脈の影響か。

龍脈――高濃度魔力の効用を知っている俺からすれば、体が巨大化する程度の影響が出てもおかしくはないと思った。

そう思いながら、更に疾走し、二人を襲おうとするトカゲの懐に飛び込んで、リヴァイアサンを振るう。

巨大化から予想した通り鱗は硬くなっていたが、予想した通りの硬さだった。

最初から振るう力を強めたから、巨大化した首を今まで通りに飛ばした。

飛んだ首が放物線を描いて、ドシン、と女達の目の前に落ちた。

ちらっと見て、一瞬怯えたが実害はなかったから、二人はそのままにして別のトカゲに飛びかかっていく。

時間にして、ほんの五分程度。

巨大化したりしなかったりの、龍脈に引かれてきたトカゲを一掃した。

「ふむ」

リヴァイアサンを振って血払いして、サイズを戻して再び耳の穴に隠した。

そして、元の場所に戻る。

戻ってくると、ペイユが目をきらきらとさせていて、アイビーは逆に驚いている姿が見えた。

「すごいです！　ご主人様の戦っている姿はやっぱり格好いいです！」

「そうか」

俺が「強い」という事は知っているペイユ、彼女は素直に感動した。

一方、ほぼ初めて俺が戦う光景を目撃したアイビーは驚いていた。

「こんなに……強い人だったんですか」

「何言ってんの、追い剝ぎの時いたじゃないの」

「あ、あれは……」

「そう言ってやるなペイユ。あの時はほぼリヴァイアサン。余が自ら手を下したのを見たのはこれが初めてだろう」

「あっ、そっか……そうなるんですね」

俺の言葉に納得するペイユ。

一方で、相変わらず俺をじっと見つめたままのアイビーは。

「もしかして……ジョン様の助けなどいらなかった……？」

「ん？　ああの夜のことか」

俺は小さく頷いた。

「そうだな、いらないと言えばいらない。ジョンの気持ち、孝行したい気持ちを汲んでやったまでだ」

「そうですか……」

そう言って頷くアイビー。

ペイユに少し遅れて、彼女の顔にも感動の色が現れた。

109 古い龍脈

トカゲを一掃した後、龍脈の活性化を眺めつつ、自分のステータスをチェックした。

名前：ノア・アララート
帝国皇帝
性別：男
レベル：17＋1／∞

HP	C＋B	火	E＋S＋S
MP	D＋C	水	C＋SSS
力	C＋S	風	E＋C
体力	D＋C	地	E＋C
知性	D＋A	光	E＋B
精神	E＋B	闇	E＋B
速さ	E＋B		
器用	E＋C		

運　D+C

戦う前とまったく変わっていなかった。

魔物を一掃したからレベルが上がっている可能性はあったが、そうはならなかった。

まあ、そんなものだろうと思った。

俺のレベル上限は（何故か）∞だが、世の中の大半が15以下だ。

つまり今の段階でも人間のかなり上位クラスのレベルである。

一戦程度じゃ上がらないのも無理からぬ事だ。

上がらないものは上がらない、無い物ねだりしても得られるものはない。

俺は自分のステータスから、再び龍脈活性化しているバハムートらに目を戻した。

大地――砂漠がほのかに光り始めている。

ぼんやりと、月明かりと同じ程度の淡い光を放ち始めている。

その光が、まるで支流から本流へ流れ込む川のように、活性化している中心点に向かって流れ込んできていた。

それと同時に、普段感じられない、濃密な魔力の波動を感じる。

それだけでも成功しつつある、というのがわかる。

「うぅ……」

「頭……痛い……」

「むっ」

急に背後から、ペイユとアイビーの苦しそうな声が聞こえてきた。

振り向くと、二人がうずくまって、苦しんでる姿が見えた。

「どうした？」

「……ッッ」

「さ、さむい……」

ペイユは喋る余裕もない感じで、アイビーはどうにか「寒い」という言葉を搾り出した。

「寒い？」

「あああ、熱い……熱いっ！」

一変。

アイビーは転げ回って熱さを訴えた。

どういう事なんだ――。

「はっ！　これか」

ハッとして、パッと龍脈に振り向いた。

龍脈から、高濃度な魔力があふれ出している。

これに当てられたのか。

「ジズ、こっちに手を貸せ」

俺はそう言って、龍脈活性にかかっていたジズを引っこ抜いた。

そのジズを使って、光の翼を作った。

俺の背中に現れた、淡い燐光を放つ光の翼。

飛翔の能力があるそれを目一杯広げた。

翼を全開に広げて、燐光の粒子を放ちながら、背中にいる二人をかばう。

すると——

「……あっ」

「熱くない……」

「ご主人様！」

ペイユが感動気味に俺を呼んだ。

状況を見て理解したようだ。

ペイユに一呼吸遅れるようにして。

「すごく綺麗……」

と、こっちは光の翼に見とれていた。

「……はっ！　ご、ご主人様。私達いったい……」

「魔力に酔ったのだろう」

「酔った……魔力に？」

「ああ。翼の範囲から出るなよ」

「は、はい」

二人に念押しして、俺は再び龍脈の方に集中する。

「いるだけで苦しかったのに……平然と立っていられるなんて」

「すごい……」

龍脈が活性化するのを、じっと待ち続けたのだった。

☆

数時間後、二人を連れて宿に戻ってきた。

部屋に入って、ここしばらくですっかり足洗いが上手くなったアイビーにそれをやらせつつ、懐からガラスの小瓶を取り出した。

瓶の中には、澄み切った色の液体がゆらゆらとしていた。

「魔力って……水みたいなんですね……」

俺が持っているものを見て、感嘆するペイユ。

「いいや、魔力は本来見えないものだ。どちらかと言えば空気のようなものだ」

「え？　でも……」

驚くペイユ、俺の顔と小瓶の液体を交互に見比べる。

「これは魔力を凝縮させたものだ。前に見せたポーションもこれから作られている」

「そ、そうなんですか」

「せっかくだ、いろいろ見せてやろう」

俺はそう言って、まず部屋の中央、俺が座っている椅子のセットでもあるテーブルの上にある燭台(しょくだい)を手に取った。

燭台のロウソクを取り払って、魔力の雫(しずく)を一滴――わずか一滴だけたらした。

そして――火をつける。

「わあっ」

「あかるい……」

じっと見つめていたペイユはもちろん、俺の足を洗い、布で拭いていたアイビーも驚いて、手を止めて顔を上げた。

「こんなふうに、火をつけて灯りにする事ができる」

「油みたいなものですね……あれ、すごく長い」

「そうだ、蠟(ろう)よりも油よりも、こっちの方がずっと明るくて、長持ちする」

「す、すごい……」

「それだけではない――アポビス」

アポビスを呼んだ。

杖(つえ)の形になっているアポビスを呼んで、ようやく燃え尽きた燭台の上に、アポビスの毒をたらす。

そして魔力の雫を更に一滴たらす。

アポビスの毒と魔力の雫が混ざったあと、小枝サイズの棒でかき混ぜた。

やがて、透明だった魔力の雫から細い糸のようなものができた。

円を描くようにかき混ぜつつ、その糸をすくい上げる。

それをペイユと、完全に手が止まっているアイビーに見せた。

「こんなものも作れる」

「これは……？」

「一種の糸だ。通常の糸と違って燃えにくいし、水も通さない」

「はあ……」

「つまり燃えないし、雨の時濡(ぬ)れないような服を作ることができるわけだ」

今一つ理解してなさそうな二人に、糸の先を説明してやった。

「す、すごい！」

「そんなものが作れるの……？」

驚き、驚嘆する二人。

「他にも様々な用途があるが。どれもまだ模索している段階だ。当面はポーションを作るために使うことが多いだろう」

「模索……って、ご主人様が研究しているのですか？」

「そうだ」

「わあ、さすがご主人様研究も自分でするんですね」

「学者とかじゃないんだ……」

二人によいしょされつつ、俺は持っている魔力の雫を改めて見つめた。

龍脈の活性化が上手くいって、魔力の雫の凝縮に成功した。

ペイユとアイビーがそれに当てられたことからも、サラルリアの龍脈が生み出す魔力がアルメリアのそれよりも高濃度・高純度だという事がわかった。

純度が高ければ高いほどいいのが、この魔力の雫だ。

お試しの抽出が成功したのだ、次は量産体制の事を考えねばな。

そのためには相当の投資がいるだろう。

さて国庫は……足りるか？

最悪、徴用してもこっちを優先――。

『主よ、緊急事態が起きた』

「リヴァイアサン？　なんだ、緊急事態というのは」

俺は眉をひそめて、リヴァイアサンに聞き返した。

リヴァイアサンがこんなことを言ってくるなんて珍しい。

『龍脈が弾(はじ)けた』

「なにっ⁉」

掛け値なしの緊急事態に思わず立ち上がってしまった。

俺の足を洗っていたアイビーに水がかかったが、それどころではなかった。

☆

女二人を置いて、俺は活性化に成功したはずのところに戻ってきた。

満月が地平線に沈んでいく中俺が見たのは、あっちこっち途切れていて、断末魔のような光を漏らしている龍脈の姿だった。

「どういうことだリヴァイアサン」

『推論でよろしいか』

「話せ」

『御意……この土地の龍脈は長年寸断され、魔力が通っていなかった』

「ああ」

『そこに主が繋げ直した。しかし、長年魔力が通っていなかったため、龍脈そのものはすでに劣化していた』

「……家屋に人が住んでいなければ加速度的に劣化する、それと同じか」

『本質は同じだ』

「ふむ……」

俺は頷いた。

「つまり、ボロボロの管を繋ぎ直したはいいが、管はすでに流れに耐えられなくなっていた、ということだな」

『ご明察、さすが我が主』

「アルメリアの時は大丈夫だったぞ……ああいや。ここの方が魔力の純度も、なんなら勢いも上だったな」

『……』

リヴァイアサンは答えなかったが、無言の気配から同意と感心の感情が伝わってきた。

いわばヒントを与えられている状態だ、ならばアルメリアと違って何故そうなったのかも推察が付こうというものだ。

「原因はわかった。ではどうすればいい？　繋ぎ直すことは可能なのか？」

『人柱（ひとばしら）――生け贄（いにえ）がいる』

「そうか」

俺は少し考えた。

「生け贄になる人間に何かしらの条件はあるのか？」

『贄になる瞬間が健康体であること、それだけだ』

「なら死刑囚を使おう。連座制で家族もろとも処刑されるヤツがいたはずだ。家族の助命と引き換えにすれば命を差し出してくれるだろう」

『さすが我が主。皇帝に相応（ふさわ）しい決断、お見事でございます』

「他に注意事項は」

『不浄なるものがあってはならない。贄にする三日前から清めて、食も断たせる。それから――』

リヴァイアサンからいろいろ説明を受けたが、その先はすべて些末な事だった。

生け贄か……。

なんとも思っていない——ということはないが。

それでも龍脈の活性化、魔力の雫。

それが量産した暁の帝国の発展を思えば。

たとえそれが罪業であろうと、皇帝としては背負う以外の選択肢はないと、俺は思ったのだった。

110 生け贄

次の日、俺は単身でレアラトの庁舎にやってきた。

庁舎とはその町の公的な行政機関の事で、通常はその町を統治する領主なり代官なりがいる場所だ。

大通りに立って、その庁舎を見上げる。

最高で三階建ての建物だが、見慣れない様式の建築物だった。

「……王宮、か」

俺の頭の中にそんな感想が浮かび上がってきた。

初めて見る様式のものだが、外観についている装飾だったり、門のこしらえだったり、街との高低差の位置関係だったり。

すべてが、いわゆる王宮の要件を満たしていた。

「よほど楽しめたようだな」

俺はフッと笑った。

辺境に赴任した代官や総督が、その土地で王のごとき権力を振るう事は珍しくない。

同じ官職でも、都にいればただの中堅役人だが、辺境に出れば都から来たお偉いさんになる。

だから出世して帝国の中枢に食い込むよりも、官職が低くてもいいからずっと辺境の下級官吏でいたい、という話はよく聞く。

中には、政績を監察する監察官に賄賂を贈って、留任するように目論む者さえいる。

そういう意味では、不毛の地かつ辺境だったサラルリアはそういうのがやりやすかった土地だろうな――と、目の前の宮殿っぽい建物を見てすべてを理解した。

まあ、それは今どうでもいいことだ。

俺は再び歩きだし、正門を守っている門番の前にやってきた。

この手の門番は基本二人組で、観音開きの左右に控えているのが一般的だ。

ここも例外ではなく、初老の男と若い青年の二人組が番兵をしていた。

俺が近づくのを見ると、若い門番がこれまた定番の武器である槍を構えて、穂先をこっちに突き出してきた。

「止まれ！　何者だ」

「こういう者だ」

門番と問答をしている時間も惜しい、と。

俺はリヴァイアサンの力を解放して、背中に紋章を出した。

船を意匠した、俺の紋章だ。

かつてレヴィアタンだった頃に編み出した技だ。

紋章とともに、もっとも俺に忠実な狂犬リヴァイアサンのプレッシャーで威圧する。

「「はは――」」

門番の二人が同時に槍を捨てて、その場に跪いた。

偶然通りかかった人間の中からも跪く者が現れた。

このプレッシャーで、相手に俺が皇帝である事を主張してわからせるのだ。

「中に入るぞ。ここのトップは誰だ？」

「は、はい！　総督様がいらっしゃいます」

「わかった」

頷きつつ、二人の門番をその場に置き去りにして、庁舎に入る。

中に入ると様々な人間と遭遇するが、リヴァイアサンの威嚇が続いているから、会う者会う者全員が一瞬で俺に跪いた。

跪く人間から総督室のありかを聞いて、建物の最上階にあるそこにやってきた。

俺はノックをせず、扉を押して中に入った。

俺の――皇帝の執務室に勝るとも劣らないほどの豪華な調度品がしつらえた政務室の中、一人の男が机に脚を載せた格好で杯を傾けていた。

「誰だ？　ノックくらいせんか」

「これでいいか？」

俺は開け放った扉に、後付けのノックをしてみた。

男は不機嫌な顔でこっちを見た――直後。

「へ、陛下⁉」

驚き、椅子から転げ落ちた。

杯は床に落ちて割れて、琥珀色の液体が男の体にかかった。

男は床を這うようにして、俺の前に来て、四つん這いのまま何度も何度も頭を下げた。

「へ、陛下がお越しとは知らず大変なる無礼を――」

「いい。……お前は余の顔を知っているな？」

俺はそう言いながら、リヴァイアサンの紋章を引っ込めた。

紋章での身分明かしと、最初から俺の事を知っている人間の反応。

その反応が微妙に違ってて、目の前の男、サラルリアの総督は俺の顔を知っている方の反応だった。

「はっ！　都の親王邸で一度お顔を拝見したことがございます」

「ほう？　名前は」

「い、イエロー・ケーキと申します」

「ケーキ？　ライスの身内か？」

「はっ、ライスは愚弟でございます」

「なるほど、ということはヘンリーの家人か」

「いえ、わたくしは第八殿下の家人でございます」

「……ほう」

面白い、と思った。

ライス・ケーキ。

それは第四親王ヘンリーの家人だ。

俺が12歳のころ、ヘンリーの下で兵務省に詰めていた頃に出会った男で、兵には厳しい一方で、その手腕で上手く兵をまとめ上げて戦功を立てるという、豪腕タイプの武将だ。

戦士の国である帝国で戦功を積み上げて、十年後は宰相職もあり得るくらいの男だ。

そのライスの兄だというのだから、同じくヘンリーの家人だと思っていたのだが、本人はオスカーの家人だという。

「珍しいな、兄弟で違う親王に仕えるのは。何か理由はあるのか？」

「そ、それは……」

イエローは気まずそうに目を逸らしてしまった。

目を逸らして、ちらちらと俺の顔色をうかがってくる。

俺に言うと気まずくなるタイプの話か？

……ああ。

「なるほど、そういうことか」

「え？」

「大方、兄弟でそれぞれ別の親王に仕えて、どっちが即位してもライスの家は守られるって狙いか」

「そ、それは……」

「ははは、よい。十三親王だった余が即位するなど想像もできなかっただろう。余のところに一族を送り込まなかったのは理解できる」

「きょ、恐縮です……」

「ふっ」

俺は薄く微笑んで、さっきまでイエローが座っていた椅子に座った。

そしてテーブル越しにイエローに目を向ける。

「立て、話がある」

「ぎょ、御意」

イエローは俺の命令通り立ち上がった。

「いくつかやることがある。まず、このレアラトに死刑囚はいるか？」

「死刑囚……でございますか？」

「ああ。即決までいかなかった、執行待ちの死刑囚だ」

俺はイエローに聞いた。

昨晩思ったのは、叛逆（はんぎゃく）とかで連座制になって一族皆殺しに決まった死刑囚を使おうとしたのだが、よくよく考えたらそういうのはほとんど即決で、帝都にも今は一人も存在しない事を思い出した。

仕方ないから近場で死刑囚を調達する方針に切り替えて、ここに来たのだ。

「何人かは……」

「そうか。冤罪（えんざい）と身代わりはないか？」

「え？」

「余は法務大臣だ、この手のからくりはよく知っている。金で入った身代わりはいるのか？」

「そ、それは……い、いないはず――いえ、いません。明日になれば――ッ」

いろいろ言いかけては、ハッとして口をつぐむイエロー。

「落ち着け、お前の罪を問いに来たのではない」

「え？」

「皇帝たる余がその程度のことでわざわざここまで来ると思うのか？」

「あっ……」

違う意味でハッとして、表情が少しだけ安堵する。

そもそも、身代わりでの出頭とか処刑とか、そういう事は永遠になくならないものだ。

ある程度の財力と権力があればそういうことが起きる。

主人がなにかをやらかしたとき、刑期が終わった後のあれこれを約束して、身代りで出頭させることは五百年くらい前の書物でそういう事が確認されている。

事実として存在することで、この先も永遠になくならないだろう。

根絶不可能な事に時間を割くつもりはない。

「死刑囚の中で、冤罪とか身代わりはいないかと聞いているだけだ」

「……何人かは」

「全部ではないのだな？」

「はい」

「ならちゃんとした死刑囚を使わせてもらう」

「ぎょ、御意。して、どのように……使う？　のでしょうか」

「うむ」

俺は頷き、龍脈活性の事について、実務的な事だけを拾って、イエローに話すことにした。

頭の中で一通りまとめて、口を開きかけた――その時。

「総督様！　大変、大変です‼」

部屋の扉をぶち破ろうかというほどの勢いで、一人の中年が飛び込んできた。

飛び込んできた者を、イエローは怒りを露わに睨みつける。

「騒々しいぞ！　何事かは知らんが下がれ！　後で聞く！」

「それどころではありません！　都からの特急文書です！」

「なに⁉」

むぅ？

イエローは男から文書を受け取った。

そして手を振って男を下がらせた。

再び二人っきりになったところで、イエローは俺にうかがってきた。

「よろしいでしょうか、陛下」

「ああ、特急だ、余に構わず内容を確認しろ」

「はっ！」

イエローは恭しく腰を折ってから、特急で届いた文書を開封した。

目を通すやいなや——。

「こ、これは」

「どうした」

イエローは顔を上げて、俺を見つめる。

「火急の案件につき、サラルリアにお越しの陛下を見つけて、同封したものをお渡しするように、とのことでございます」

そう言いながら、話にも出てきた文書に同封している一回り小さな封書を俺に見せた。

「見せてみろ」

「ははっ」

イエローは両手で封書を差し出した。

俺はそれを受け取って、開封して中を読む。

すると——驚いた。

それはヘンリーからの手紙だった。

内容はシンプルだった。

反乱勃発（ぼっぱつ）、皇軍敗走。

その一文だけ書かれていた。

ガタッ、と椅子を倒して立ち上がった。

「へ、陛下？」

「……なんでもない」

俺は深呼吸して、椅子に座り直した。

落ち着け、と自分に言い聞かせる。

大事だ、紛れもない大事だ。

だが――緊急事態ではない。

反乱の場所から帝都まで。

そして帝都からこのレアラトまで。

どっちも特急便を使っても、届くまでに七日ほどはかかる。

つまり、敗走その事自体は七日前の事だ。

大事だが……場合によっては焦っても仕方のない状況だ。

俺はもう一度深呼吸した。

皇帝としての落ち着きを取り戻せと自分に言い聞かせた。

そして、考える。

今すべき事と、これからすべき事を。

「イエロー」

「はっ」

「超特急用の馬を用意しろ、先々までだ」

「御意！」

「いくつか勅命を出す、紙とペンの用意を」

「御意!!」

「それとここに人を残していく、余の名代、勅使だと思え」

「御意——え？」

特急に対しての超特急。

総督まで登り詰めたイエローには、詳細はわからずとも事態の緊急さはわかった。

それで俺の命令に都度応じて、手の平に何かを書き込む仕草で覚えていたが、最後の言葉に固まってしまった。

「残していく……？　陛下はどちらへ？」

「その超特急便を使って、余は帝都に戻る」

「そんな!!」

驚愕するイエロー。

それもそのはず。

超特急便というのは、「人馬ともに命の保証はしない」、そういうものなのだ。

111

神輿宣言

イエローに準備してもらっている間、俺は宿からペイユとアイビーの二人を呼びつけた。

総督執務室の中、二人の女と向き合っている。

ペイユはまだいいが、アイビーは総督室で「ふんぞり返って」いる俺を見て、今更ながらに俺が皇帝だと実感した、そんな顔をしていた。

「緊急事態になった、余は一足先に帝都に戻る」

「私達はどうしたらいいんですか？」

ペイユが聞いてきた。

「お前達はここに残ってもらって、余のやりかけた事を完遂してもらう」

「ええっ⁉」

「わたし達が？」

驚くペイユとアイビー。

「む、無理です。ご主人様の代わりなんてできません」

「大丈夫だ、ここに余がやることとの手順を書き残したものがある」

俺はそう言って、蠟でしっかり封をした封書を5通、ペイユに見せつけた。

「それぞれ番号が振ってあるだろう？　順番に開いて中に書かれていることをその通りにすればいい。緊急事態だ、お前達は何も考えなくていいようにした」

「でも……」

「いずれお前も外に出すときが来るかもしれない。エヴリンやゾーイのように」

「私も⁉」

驚愕するペイユ。

俺の使用人やメイド達が外に出て代官になったりする事はもはや珍しい話ではないのだが、ペイユはそれが自分に回ってくるとは少しも思っていないみたいだ。

「そうだ、その予行演習だと思えばいい」

「でも……」

「忠誠心という意味で、今ここで任せられるのはペイユ、お前だけだ」

「――っ‼」

ハッとして、目を見開き息を呑むペイユ。

その通りである。

実務面を考えれば、イエローの方がペイユよりも数段信頼が置けるだろう。

何しろ正規の総督、そしてあのオスカーの家人だ。

オスカーもまた家人にする男は厳選していて、まったくの無能は自分の名を汚すから外に出さないようにしている。

つまりオスカーの家人である以上、イエローも程度の差はあるだろうが有能の部類だ。

だが、有能だったとしても、俺に対する忠誠心までは期待できない。

俺への忠誠心で、俺が望むことをそのまま執行するという意味では、今ここで一番期待できるのはペイユである。

忠誠心重視と言われて、ペイユの目が揺れた。

それなら自分でも……と思い始めた顔だ。

「ペイユ」

「は、はい！」

「帝国がかかっている、やってくれ」

「――はい！」

俺に押し切られた感はあるが、それでもペイユは自分の口からやると応じてくれた。

「アイビーも、ペイユをサポートしろ。いずれはお前にも同じことをさせるかもしれない」

「わ、わかりました……」

俺に仕えてまだ間もないこともあり、そもそもそういう実感がないこともあるだろう。

アイビーの返事は対照的にふんわりしたものだった。

今はそれでいい。

「バハムートを残している。余の命令と、余が常に持っているバハムートだ。それを以て勅使として振る舞え」

「バ、バハムート様を⁉　――わかりました！」

更に恐縮するのかと思いきや、バハムートを残している事を俺の本気だと受け取ったのか、ペイユは表情を引き締めて、ハキハキと返事してきた。

将来は外に出す――というのはこの場を凌ぐ方便だったのだが、これができるのなら本当に将来は……と思い始めた。

「あの、ご主人様。一ついいですか？」

「言ってみろ。イエローの準備ができるまではなんでも答えてやる」

「ジョンさんを応援に呼んでいいですか？」

「――はは」

自然と笑いが込み上げた。

この短い期間に二度もいい意味で期待を裏切られたのだから面白いと思うのは当然だ。

「なんでジョンなんだ？」

「私と同じ絶対にご主人様を裏切らないのと、私よりも何かあったときに対処できるはずです」

「うむ、九十九点だ」

「じゃあ――？」

「お前が勅使だ、思う通りにやってみろ」

「わかりました‼」

更にハキハキと応じるペイユを見て、俺の口からまたも、自然と笑いがこぼれてしまうのだった。

☆

俺はイエローが用意した馬で、街道を使って帝都に急いだ。

まずは二頭の馬だった。

片方に乗って、片方は長手綱を引いて並走させる。

その上で馬の体調を気にせず、とにかく鞭を入れて疾走させた。

途中で乗っている方の馬がふらついた。

それを察知して、「ただ並走してた」方の馬に飛び乗った。

俺を乗せていた馬がふらつき、その場で倒れた。

それに目もくれず、もう一頭の馬で更に疾走する。

馬を使いつぶす前提の超特急。

その馬に乗って、途中の「駅」についた。

馬よりも遙かに早い伝書鳩で連絡が来ていたから、そこに同じように二頭の馬が用意されていた。

二頭目の馬もふらついてきた頃で、駅にはギリギリでの到着だった。

俺は馬二頭を受け取って、更に走る。

『主、少しは休まれた方が――』

「だまれ、問答の体力も惜しい」

案じてくるリヴァイアサンを黙らせて、更に馬を駆って疾走させる。

特急まではただ馬を使いつぶす前提。

しかし俺が命じた超特急は、人馬ともに使いつぶす前提。

当然俺も休まず、ただひたすら急いだ。

途中で更に二回ほど中継駅で馬を乗り換えて。

都合、八頭の馬を乗りつぶして。

三日かかるところを、俺は一日で戻ってきた。

☆

「ヘンリー」

「陛下⁉」

兵務署の中、兵務大臣室。

汗だくで足をガクつかせながらやってきた俺を見て、ヘンリーは椅子から立ち上がり、驚いた。

「いつお戻りに？」

「ついさっきだ、ここに直行した」

「……サラルリアに入る前だったので？」

「いや、レアララトから戻ってきた」

「レアアラトから⁉」

驚くヘンリー、指を折って数える。

自分が出した特急便の使者と、それを受け取った俺がレアアラトから戻ってくる。

この二つの日数を計算しているようだ。

「計算が合いません」

「超特急で戻ってきた」

「なんですと⁉」

それを聞き、更に驚愕するヘンリー。

「本当に超特急で？」

「ああ。座と水をもらうぞ」

「……さすが陛下、超特急で帝都まで何かを運んだ人間で、それほど元気でいられる人間を見たことがありません」

ヘンリーは本気で感心していた。

帝国には多くの大臣がいる。

その中でも、兵務・軍報に接している兵務大臣であるヘンリーは、大臣で一番特急や超特急を受け取り、使っている。

その経験から驚いているのだ。

その一方で、ヘンリーは表情を変えた。

硬い表情で俺を見つめた。

「一つ申し上げます」

「なんだ？」

「さすがは陛下と感服致しましたが、超特急は皇帝が冒していい危険ではございません」

「……ふむ」

「以後お控えいただきますようお願い申し上げる」

「肝(きも)に銘じておこう」

ヘンリーの言う通りだ。

俺はしっかりとそれを覚えておくことにした。

「で、具体的な話を聞かせろ」

「はっ」

ヘンリーは俺の前に立って、何も見ずに口を開く。

常に全貌(ぜんぼう)が頭に入っている、ということだろう。

「西で反乱が起きました」

「だれだ？　旗手は」

「エイラー・ヌーフ。先帝の大叔父に当たる、かの豪親王の傍流(ほうりゅう)です」

「皇族ということか」

「はっ」

ヘンリーは恭しく腰を折った。

「理由は」

「それが……」

「余に言いにくいものか？　だとしてもいずれ余の耳に入る。隠す意味はない」

「さすがでございます陛下」

ヘンリーは深く息を吸って、覚悟した表情で話しだした。

「陛下は数々の伝統を壊し続けてきた暴君、皇室にとって許しがたい大罪人。それを討ち滅ぼすべく――というものでございます」

「なるほど」

俺は小さく頷いた。

「むしろ遅かったな」

「……予想していたので？」

「余がやっていることを考えれば、いずれはその手の乱が起きるのは必然。心の準備はとうにできている」

「さすが陛下、深く感服致しました」

「数はどれくらいだ？」

「意外にも同調者が多く、第一報では最低でも三万」

「相当だな」

自然と顔が強（こわ）ばった。

第一報で三万の兵がいるということは――。

「十万は見積もっておいた方がいいか」

「仰（おお）せの通りかと」

ヘンリーは静かに同意した。

長年兵務大臣をやってきたヘンリーの推察は貴重な参考材料だ。

「さて、どうするべきか」

「私に出陣の許可をください」

「お前が出るのか？」

俺は少し驚いた。

親王が出るのはよほどの事だ。

「はい。相手は傍流とはいえ皇族、しかもかの豪親王のひ孫。こういう相手には極端に地位の低い者か、極端に高いものをぶつけなければ士気の差で不利になります」

「ああ、根本的に認めないか、全力で叩（たた）きつぶすポーズを見せるかのどっちか」

「ご明察でございます」

「ふむ」

俺は顎に手を当てて考えた。

ヘンリー言うことはもっともだ。

もっともだが――ヘンリーはまだ遠慮があった。

それが出るのは仕方ない事だが――だったら俺から言ってやることにした。

「そういうことなら、余が親征しよう」

「陛下がでございますか⁉」

「ああ」

「危険です。最終的に十万まで膨らみ上がるほどの勢い。そこに向かって親征されるのは――」

「理由は三つある」

俺はヘンリーの反論をそっと封じつつ、右手を挙げて三本指を立てた。

「まず、お前が言うことが正しければ、お前が行くよりも余が行った方が効果が高い」

一つ目の理由を言って、指を一本折った。

「それは……そうでございますが……」

「二つ目、余が陋習(ろうしゅう)に手をつける断固たる決意があることを、満天下に知らしめるよい機会でもある」

「……御意」

苦々しく頷くヘンリー。

理由はわかるが、皇帝の安否と天秤(てんびん)にかけたら素直に頷くわけにいかない、という顔だ。

「最後は――ふっ」

残りの一本、人差し指を折らずに、立てたまま笑いながら告げる。

「帝国は戦士の国、余はその皇帝だ。戦士の国の主が肝心なときに亀のように引きこもっているわけにはいかないだろう?」

「――っ!」

驚くヘンリー。

しかしすぐに眉を開き、感心と納得顔に変わった。

「さすが陛下――お見それ致しました」

「まあ、親征はするが、余には実戦経験がない。神輿(みこし)として飾っておくから、ヘンリー、お前が陰の総大将をやれ」

「――はっ！　一命に代えましても必ずや陛下に勝利を」

言葉には出さないが、ヘンリーはますます、感心したような顔で俺を見つめるのだった。

112

旅行気分の皇帝

NOBLE REINCARNATION

「陛下……」

「ん？　なんだヘンリー、難しい顔をして」

直前まで俺を褒めたたえていたはずのヘンリーが、打って変わって難しい顔をしてきた。

「陛下不在の際の留守なのですが……」

「……ああ」

俺は小さく頷いた。

ヘンリーは直接その名を口にしなかったが、オスカーの事だった。

オスカーが今でも帝位を狙っているのは半ば公然の秘密で、当然ヘンリーもその事を知っている。

もともと、先帝たる父上が重用していた親王は、俺とヘンリーとオスカーの三人だ。

それは、俺達三人が親王の中でもっとも能力があるからの登用だ。

父上が俺に帝位を世襲した後も、俺はヘンリーとオスカーをそのまま重用した。

一つは、父上の悲願を成就させるため。

最終的に俺が皇帝のまま、ヘンリーとオスカーと手を取り合って治世を長らえる――というのが
もっとも父上の歴史的評価を上げることになる。

……歴史は勝者がつくるものだから、その気になればいかようにもできるのだが。

もう一つは——純粋に人は宝という話だ。

父上がヘンリーとオスカーを重用したのはわかる。

父上の息子の中で、存命しているのは二十人弱。

その中で飛び抜けて優秀なのがこの二人だ。

であれば、俺自身としてもヘンリーとオスカーの二人を重用したい。

したいのだが……オスカーの野心が延々と続く課題だ。

「恐れながら、私と陛下が同時に不在となれば——」

「みなまで言わなくてもよい」

「はっ」

俺は顎に手を当てて考えた。

留守をしている間に、いかにオスカーが変な気を起こさないかの方法を考える。

当然、オスカーにそのまま言うわけにはいかない。

オスカーは財務大臣として上手(うま)くやっている、欠かすことのできない重臣だ。

そして、野心があることを少なくとも表に出したことはない。

直接何かをするのは不可能だし意味がない。

ならば——。

「……留守役はセムにする」

「セム⁉　皇太子殿下を⁉」

ヘンリーは驚愕した。

当然である。

セムとは俺の第一子で、

「恐れながら、殿下は未だによちよち歩きの赤子でございます」

「そうだ。だから補佐をつける」

「補佐……」

「名目は……そうだな、摂政王がいいだろう」

「摂政王……」

その言葉を舌の上で転がすかのように、じっくりと吟味をするヘンリー。

「そうだ、摂政王だ。王位の中ではおそらくもっとも位が高かろう」

「はい、状況次第では皇帝すら上回る地位でございます」

「政務も権力もそうだが、場合によっては幼い皇帝の教育係もかねているからな」

「地位を与えてほだす……と」

「そうだな、信頼している、という意味でもある。そこまでやれば、たとえその気になっても少しは思いとどまるだろう」

「……御意」

「もう一つ手を打っておこうか」

「どのような?」

「シリアスに称号を与えておこう。そうだな……『忠』親王なんてどうだ」

「忠親王……」

「ヘンリーの事を信用してはいるが」

言いかけ、フッと笑い、おどけるように肩をすくめてみせた。

「余の兄弟のうち、絶対に叛逆を考えないのが誰かと問われると――」

「なるほど、シリアスですな」

俺の言葉を引き継ぐような形で、ヘンリーも楽しげに笑った。

第六親王、シリアス・アララート。

先帝の息子、俺の兄弟の中でもっとも実直な男。

その実直さは頑固さですらあり、融通の利(き)かない男でもある。

シリアスにとって、叛逆とか簒奪(さんだつ)とかは一切(いっさい)あり得ない、考えることすらあり得ないほどのものだ。

その結果、シリアスはおそらく帝国で一番皇帝に「忠」実な男になる。

そのシリアスを忠親王にして、それとなくオスカーにプレッシャーをかける。

「称号付きの親王であれば、政治的にも対抗できますな」

「そういうことだ」

「さすが陛下でございます」

「……ヘンリー。皇帝親衛軍は今どれくらいある？」

「は？　なぜそれを……いえ」

不思議に思って脊髄反射レベルで聞き返してきたヘンリーだったが、すぐにそれをやめて、俺の質問に答えるべく記憶を探り始めた。

「すぐに動かせるとなると、おそらくは3万」

「ふむ」

「親征に従軍させますか？　帝都ががら空きになりますが」

「がら空きがいいのだ」

「……なるほど」

ヘンリーは俺の意図を「半分」読めたようだ。

そうだ、皇帝親衛軍を帝都から出して、万が一にもオスカーに使われないようにする。

「では親征に――」

「いや、ジェシカのところに送ってやれ」

「妃殿下の？」

またまた驚くヘンリー。

今の驚きはさっき以上のものだった。

「失礼ながら、妃殿下には兵の増派は必要がない状態。それよりも陛下のまわりに侍らし、御身の安全を守らせた方が」

「増援がいらないのは理解している、そこじゃない」

「では？」

「半公開でジェシカに命令を出す。皇帝が危機になったとき、皇帝親衛軍を率いて危機を排除せよ、と」

「……なるほど!!」

十秒ほどの間が空いて、ヘンリーは目を見開くほどの勢いで理解し、納得したようだ。

「それで半公開なのですな」

「そういうことだ。刃の先はヌーフ某とやらではない、賢い男がおのずとそれを理解してくれよう」

そう、オスカーほど賢く有能なら、親衛軍の矛先が反乱ではなく帝都の自分に向けられたものだとすぐに気づくだろう

「さすがは陛下。政治と軍事を高レベルで融合させた名采配。深く感服致しました」

「いずれ……こういうのが不必要になってくれれば助かるのだがな」

褒められたが、俺は「それをしなきゃいけない」という状況に苦笑したのだった。

☆

出征の実務的な準備はすべてヘンリーに任せて、俺は街に出た。

迷いなく、一直線にアリーチェの店にやってきた。

表に呼び込みの小男がいて、そいつは精力的に呼び込みをしていたが、俺を見て一瞬ぎょっとした。

ぎょっとしたが、すぐに表情を切り替えて、直前までの呼び込みの威勢が嘘だったかのように黙り込んだ。

黙り込んで、俺の店の中に案内する。

昔からの顔見知りで、平服でも俺の顔を見るだけで誰なのかすぐにわかる。

俺が親王だった頃はまわりに「親王様が来てくれた」くらいの勢いで歓待してくれたが、帝位についてからは打って変わってこうして控えめに接してくれる。

使い分けが上手いなと思って、男に百リィーンほどのチップを握らせてやった。

男は笑顔になったが、相変わらず何も言わないまま俺を店の中に通した。

アリーチェが歌っていた。

俺は店の中を見回して、隅っこにある席を指した。

目立たない席で、呼び込みの男は俺をそこに案内した。

席に着くと、ほとんど待たずに茶と茶菓子が出てきた。

俺はそれを軽く摘まんで、アリーチェの歌に耳を傾ける。

「……」

また上手くなったな。

アリーチェは俺が初めて見いだした人間で、初めてパトロンになった人間でもある。

歌に才能とやる気が十二分にあったが、家の経済状況が芳しくなく、下手をすれば歌そのものを断念せざるをえない状況に追い込まれていた女だ。

才能はあるが環境に恵まれない——そういう人間に手を貸すのが貴族の特権と言える。

俺は彼女の生活費その他、金で片付けられる事を全部片付けて、アリーチェが心置きなく歌えるようにした。

それから十年以上がたった。

アリーチェは今、帝都で一番の歌姫として名を馳せている。

皇帝が見いだした才能——という経歴が彼女の人気を更に押し上げた。

俺はそんなアリーチェの歌に聴き入った。

歌が終わって、アリーチェが舞台袖に引っ込んだ。

俺は近くにいる別の店員に手招きして、十リィーンほどのチップを握らせた。

「裏に案内しろ」

「はい」

この店員も俺の顔を知っているクチだ。

余計な事を言わずに、俺を案内して舞台の裏に向かう。

こういうことはたまにあるから、俺が舞台裏に向かった事を見た他の客から多少のやっかみが飛んできたが、それ以上の反応はなかった。

舞台裏に入ると、アリーチェと出くわした。

「あっ、陛下……今陛下のところに行こうと思ってました」

「話がある。表は騒がしいからこっちに来た」

「そうなんですか。ではこちらへどうぞ」

案内した男とバトンタッチして、アリーチェは俺を連れて更に奥に入った。

舞台の裏にはいくつか控え室があった。

そのうちの一つ、アリーチェ専用であろう個室に入った。

部屋の中央に丸くそこそこ大きなテーブルセットがあって、俺はそこに座らされた。

座るなり、リヴァイアサンにそれとなく命令を出した。

リヴァイアサンでまわりを監視・威嚇させて、聞き耳を立てられるのを防ぐ。

「何かお飲みになられますか?」

「いやいい。それよりも話がある」

「はい」

アリーチェは静々と、俺の向かいに座った。

よく、この手の店の女は芸と一緒に体も売っているが、アリーチェはそうではない。

あくまで歌を歌っているだけだから、よくいる商売女と違って、俺の横じゃなく向かいに座ってきた。

「ここから先の話は、お前を信用して話す」

「――っ、はい、誓って口外致しません」

アリーチェは驚きつつ、真顔で頷いた。

「お前の時間が欲しい。最長で——一年はかかるかもしれない」

「はい」

アリーチェは即答した。

「心を込めて務めさせていただきます。皇后様にはどのようにすれば無礼にならないのでしょうか」

顔がほんのりと朱にそまった。

「ああ、そういうことじゃない」

「え？」

「順番を間違えたな、一から説明してやろう」

俺はそう言って、話を仕切り直した。

「西の方で反乱が起きた。余は皇帝として、兵を率いて親征する」

「……はい」

それと自分に何の関係が——という顔をアリーチェはしたが、それでも「はぁ……」とかそういう反応ではなく、戸惑いつつも「はい」と返事した。

「余の親征は敵側に伝わる。そこで、余は無能な皇帝を演じようと思っている」

「なるほど、それで私を侍らせるのですね」

「そういうことだ。お前は余が見いだした人間、なのに余はいっこうにお前に手をつけない。庶民の間で不思議がられている事を承知している」

「はい……私も、不思議でした」

「これもお前には本当の事を話すが、余が惚れ込んだのはお前の歌だ、色ではない」

「ありがとうございます」

アリーチェは声を震わせて返事をする。

嬉しそうな反応だ。

「それは庶民に言っても大して理解されないから言わないが、今回はそれを利用する」

「……皇后様の目が届かないのをいいことに、私を連れて行く――という筋書きですね」

「そういうことだ」

「さすが陛下……きっと相手も騙されましょう」

「そうだと楽だな」

俺は頷いた。

理解が早いアリーチェ。

最初に皇后――オードリーへの気遣いを見せていたから、皇后がらみの話はすぐに理解できたようだ。

「余はこの親征で、お前を侍らせて、酒色におぼれる皇帝を演じるつもりだ。お前の言う通り、皇后の目から離れたのを幸いに、な」

「わかりました、喜んでご協力します」

「色よい返事助かる。数日中に迎えをよこす」

「はい、皇后様に見つからないようにここで待っていればいいのですね」

「そういうことだ」

俺は小さく頷いた。

「では頼むぞ」

「はい」

113 惜しみ

夜、後日迎えをよこす——とアリーチェに言った俺は、その足でオスカーのところにやってきた。

オスカーの屋敷、第八親王邸。

帝都にあまたある親王邸の中では、広さも作りも中の中という感じの邸宅だ。

なんだったら第十親王ダスティン——弟の屋敷の方が数ランクも上だ。

そんなオスカーの屋敷の正門に向かった。

かがり火の横に門番がいて、門番は忠実に仕事をこなした。

「止まれ、何者だ」

見かけない顔だったが、俺はとりあえずかがり火で顔がうつる程度に近づいてから。

「余だ」

と名乗った。

門番とはいえ第八親王邸の者だ、リヴァイアサンの印章は必要ないと判断した。

それは正解だった。

門番は数秒間俺をじっと見つめた後、武器を捨てて俺に平伏した。

「へ、陛下とは知らず申し訳ございませんでした！」

「よい、職務に忠実なのはいいことだ」

「は、ははー」

「ヘンリーはいるか？」

「はっ、今庭の方に——すぐに通達を」

「よい、そのまま番をしていろ。庭だな？」

「は、はい！」

平伏したままの門番を置いて、俺はスタスタと中に入った。

入った後も、何人もの人間とすれ違った。

門番はすぐには俺の事を気づけなかったが、塀の内側にいる使用人達は一目で俺の事に気づいた。

親王時代からちょくちょく通ってて、俺が顔を覚えてる者もいた。

その都度オスカーに連絡を走らせようとするのを、手をかざしたジェスチャーで止める。

そうして、オスカー邸の庭にやってくる。

庭の開けたところに池があり、池の中央に小島がある。

小島へは架け橋が架かっていて、そこに東屋（あずまや）が建っている。

豪華ではないが、品のいい落ち着いたつくりの場所だ。

そこでオスカーは笛を吹いていた。

竹で作られたであろう、これまた質素な横笛だ。

店で買えば一リィーンもしないであろう品だ。

オスカーはその横笛を吹いていた。

俺はそれをしばらく聞き入った。

落ち着いた旋律が完全に落ち着くのを見計らって、拍手をした。

「意外な特技があったのだな」

「――っ！　陛下！」

振り向いたオスカーは目を剝いて驚愕した。

慌てて東屋から飛び出し、架け橋を急いで渡って、俺の前にやってきて、流れるような動きで跪いた。

親王が皇帝に謁見する作法で、そのまま一礼した。

俺はそれを泰然と受けた。

「ご光臨を賜り、恐悦至極に存じます。出迎えをしなかった無礼をお許しください」

「気にするな」

「お前達、何故通報をしなかったのだ」

オスカーは俺の背後に視線を向けて、わずかな怒気を含めた言葉を投げつけた。

肩越しにちらっと見ると、少し離れたところでオスカー邸の使用人が何人もいて、全員が遠巻きに様子をうかがっている。

それもオスカーの叱責で、全員が一斉に平伏した。

「ははは、余が通報するなと言ったのだ。その者らに咎はない」

「さようでございましたか。――何をしている、そういうことなら早く陛下に何かお出ししないか」

更に叱責を飛ばすオスカー。

こっちは俺の責任じゃないからスルーした。

「ささ、陛下。こちらへどうぞ」

「ああ」

俺はオスカーに案内されて、東屋の中に入った。

石を削って作ったテーブルと椅子のセットがあって、俺は先に座った。

「オスカーも座ってくれ」

「はっ」

オスカーは屋敷の主とはいえ、皇帝（俺）はこの帝国の主だ。

形の上では、ここでも俺が主で、オスカーは俺の命令を待っていた。

そんなオスカーも座って、俺と向き合う。

「いつ、お戻りに？」

「ついさっきだ。把握はしてなかったか」

「……ええ、陛下は未だサラルリアにおられるのかと。明日か明後日あたりに陛下の上意が下るのだろうと予測をしておりました」

なるほど反乱は把握していたか。

まあ当然だ。

軍事は直接オスカーの管轄ではないが、戦費などは財務大臣であるオスカーを通さないと言えない。

いわば後方の備え的な意味では、オスカーもしっかりと当事者だから把握して当然だ。

「なるほど。余の知らせがしばらくはないと踏んで笛を吹いていたのか」

「申し訳ありません」

オスカーは頭を下げた。

俺に責められたと思ったのだろう。

「褒めているのだ。焦っても仕方ない時に焦っても意味はない。それでこそ余の股肱の臣だ」

「恐れ入ります」

「お前が把握している通り、余はレアラトにいた。事が事だから超特急で戻ってきたのだ」

「超特急？」

オスカーの表情が変わった。

眉根にキツい皺がよって、表情が強ばる。

「ああ」

「恐れながら申し上げます。あれは国君が冒してよい危険ではありません。二度となさらないでいただきたい」

オスカーはヘンリーと同じことを言った。

いや、むしろヘンリーよりも更に強い口調で俺を戒めた。

「わかった。心に留めよう」

「はぁ……」

オスカーはため息をついた。

俺が「やらない」とは言わなかった事にため息をついた。

当然だ、ヘンリーとオスカーの言う通り、通常ならあれは皇帝が冒していい危険ではない。

それを諫めたのにスルーされたのならため息の一つも出る。

そしてそれが、俺が今でもオスカーを警戒している最大の理由だ。

オスカーは、普通に考えて俺が今夜中には戻らないと判断して、少しの息抜きをした。

そしてそれと本質的に同じことで、オスカーは野心を抱きつつも、こういう時は忠臣として最重要な言葉を発する事ができる。

忠臣と野心、その二つを「時が来るまで」切り分けておけるのがオスカーという人物だ。

「だからお前は信用できる」

「……は、どういう意味でしょうか」

「ヘンリーと話がついた、余が親征する」

「それは――いえ、兄上が決めたこと、私が口を挟むことではありません」

「話が早くて助かる。余が親征した方が結果的に今回は上手くいくだろう」

「はっ……留守役は如何いたしましょう。上皇陛下にお出ましいただくのはどうでしょう」

これまた忠臣としての言葉だ。

たしかに上皇――父上は未だに健在で、皇帝である俺がいない間に睨(にら)みを利かせるという意味ではこれ以上の人選はない。

「いつまでも親離れできないのでは、余ら兄弟そろって父上に失望されかねない」

「そうですね……」

オスカーは微苦笑した。

「さすが陛下、そこまでは考えが及びませんでした」

「うん、留守役はセムにしようと思う」

「皇太子殿下ですか⁉　それはいくら何でも――」

「オスカーには摂政王を受けてもらいたい」

「――っ！」

ハッとして、息を飲むオスカー。

「私が……摂政王……」

「余の留守だ。父上を除けば肩書きはセムが一番自然で、能力はオスカー、お前が一番適任だ」

「身に余るお言葉でございます」

オスカーは流れるように立ち上がって、そのまま俺に片膝をついて頭を下げた。

「やってくれるか？」

「は、身命を賭(と)して」

「ははは、賭けるな賭けるな。皇太子は替えが利くが、オスカー・アラートはそうはいかない」

「もったいないお言葉でございます」

「では任せたぞ」

「はっ」

片膝をついたまま頭を下げるオスカーは、肩が少し震えていた。

これは、どういう意味の震えるなんだろうな。

さすがにこれだけだと判別はつかんな。

『主』

頭の中で、リヴァイアサンが静かな声で話しかけてきた。

声色こそ物静かだが、微かな怒気を含んでいる。

リヴァイアサンが「怒っている」時は一つしかない。

相手が、俺に失礼な言動をしたときだ。

狂犬なリヴァイアサンは、俺の敵は決して許さない。

もちろん俺がやめろと言えばやめる、そういう忠犬的な性質も持っている。

忠犬で狂犬、それがリヴァイアサンというモノだ。

そして、そのリヴァイアサンの注意ではっきりとわかった。

オスカーは、ほんのわずかだろうが、異心が出ていた。

おそらくは誰も気づけないであろう、オスカーの胸中に芽生えたわずかな揺らぎ。

この世で俺だけ――忠犬リヴァイアサンを従えている俺だけに気づけた。

それは、危険だ。

平時はともかく、今は完全に切り分けてもらう。

「まあ立て、もう一つ相談がある」

「はっ、なんでしょう」

「皇帝親衛軍を、ジェシカの援軍に差し向ける。余はしばらく戻れぬ、万が一があってはいけないという、親心だ」

「御意、物資などもお送りした方がよろしいでしょうか」

「ああ、そうしてくれ」

「はっ」

「細かいところは追って詰めよう。今日は知らせに来ただけだ」

「はっ」

オスカーがまた頭を下げた。

リヴァイアサンからの忠告はない。

オスカーがまだそれに理解していないようだ。

軍事が専門じゃないからわかってないだけか、それとも……。

もう一押ししようかと思ったその時。

顔を上げたオスカーの眉が一瞬だけはねた。

そして、リヴァイアサンも、

『主』

気づいたか。

『ご明察。さすが主』

リヴァイアサンのお墨付きはありがたかった。

またオスカーの胸中にゆらぎが生まれた――つまり何かに気づいたのだ。

このあたりはさすがオスカーだ。

この程度の遅れは「即」気づいたといっていいレベル。

やはり……人材だよな……。

俺はどうにか、彼の胸の奥に眠り続けている野心を散らせないものかと、頭を悩ませ続けるのだった。

114
誘惑

オスカー邸から出た後、俺は辻馬車をつかまえて、乗り込んだ。

「どちらへ？」

「王――スカイロードへ」

「へい！」

俺のオーダーに応じて、御者が鞭をしならせ、馬車を走らせ出した。

少し思うところがあって、庶民っぽい俗称を使った。

スカイロード、空の上の道。

皇帝が天上人だという見方から、王宮前の大通りはスカイロードという俗称がついている。

若干揶揄(やゆ)が入っている呼び名だから、王族は知っていてもそれを使わない事が多い。

それをあえてした。

そして、何食わぬ顔で御者に話しかける。

「調子はどうだ？　儲(もう)かってるか」

「へい、ぼちぼちですわ。前は流しても客がつかないもんでこいつのカイバ代も怪しい時期があったんですがね」

御者はそう言い、手を伸ばして馬を撫でた。

「今は出してればとりあえず客はつくもんで、食うには困らないんですわ」

「なるほど」

俺ははっきりと頷いた。

せっかくの機会だ、為政者とは縁の遠い人間を装って、市井の生の声が聞きたかった。

皇帝の元には、本当の情報が入らないものだ。

処罰を恐れたりなどして、あるいはおもねるなんてしたりして。

並の大臣から上がってくる情報のほとんどは修飾されたものだ。

ヘンリーとオスカーは俺の事をよく知っているからそういうのは少ないが、それでも多少は忖度する。

本当の意味で忖度しないのは偶然拾ったフィル・モームくらいだ。

あれは本当の意味での宝だと思っている。

「景気が上回ったと考えていいんだな。そうなった理由はわかるか？」

「あっしのような者には難しいことはわかりませんわ」

「純粋に感じたことでもいいんだ」

「そうですねえ、まあ、皇帝様が退位したからでしょうね」

「ほう？」

父上が上皇に退位したから景気が良くなった？

それは……なぜだ？

はっきり言って、俺は今でも父上にはまったく及ばない。

父上は帝国一――いや、史書で記されているあらゆる王朝の中でもトップクラスの名君だ。

その父上が退位したから景気が良くなった……？

一体どういう事だろう。

「なんで皇帝様が退位したらよくなったんだ？」

「そりゃあ、前の皇帝様はもう年寄りだろ」

「ああ」

「そすっと、いつコロッといってもおかしくないだろ」

「そうだな、そういうお歳だ」

「皇帝様が死ぬとよ、なんやかんやで最低半年、下手したら一年はまともに商売できなくなるんだわ」

「……ああ」

俺は納得した。

皇帝の崩御(ほうぎょ)というのは大事だ。

地方にももちろん命じるが、それ以上にお膝元(ひざもと)である帝都では完全に喪(も)に服すことが求められる。

酒場といった娯楽系の施設は完全に営業停止。

食事も質素に、服装もおしゃれは禁止など、多岐にわたって禁止事項が出る。

正直、帝都は一時的に完全に「止まって」しまう。

「それがぼちぼちだからよ、そうなっても生きていけるように、みんな蓄えをしっかりして、財布の紐が固くなるんだわ」

「そうか、皇帝様じゃなくなれば、死んでもそんなにはならないってわけだ」

「そうそう。今の皇帝様は若いから、普通におっちぬまで何十年もある。そういう安心感とかでみんな財布の紐がゆるくなったんじゃねえのかな」

「なるほど」

俺ははっきりと頷いた。

それはない発想だったが、理にかなっているものだ。

為政者はつまるところ、民を安心させて、将来に希望を持たせられればそれで合格だ。

これは……拾いものだ。

皇帝の崩御に関する礼典の知識はあったが、それが民に与える影響はまったく想像できていなかった。

この話を聞けたのは望外の喜びと言っていい。

「お客さん、着きましたぜ」

「ああ、ありがとう」

俺は懐から金を取り出して、御者に渡した。

御者は受け取って——驚いた。

「お、お客さん⁉　これは⁉」

「チップだ、取っておけ」

「チ、チップって……これ百くらいあるんじゃ……」

厳密には千リィーンだが、あえて指摘しなかった。

為政者として、皇帝として。

今の話を聞けたのは、千リィーンならむしろ安い方だ。

政治の与える影響、もっと多角的に考えなきゃならないな。

俺は馬車から飛び降りた。

御者がまだ固まったままだが、気にしないでスタスタ歩きだした。

スカイロード――王宮前の大通りの人気（ひとけ）はまばらだった。

俺は王宮の正門に一直線で向かっていき、門番の前に立った。

「誰だ――はっ！」

誰何（すいか）した門番は青ざめて、パッと俺に平伏した。

「も、申し訳ありません！　申し訳ありません」

「職務に忠実なのは良い。通報してくれ、上皇陛下がまだ起きておられるのなら謁見したい、と」

「はは！　今すぐ！」

門番は中に飛び込んだ。

俺はその場で少し待った。

皇帝がこんな形で上皇の王宮を訪ねるのは本当はあり得ないことだが、俺が帝都に帰還したことはまだ公表されていないから、この形の方がいいと思った。

しばらくすると、さっきの門番が戻ってきた。

慌てて走ってきて、途中ですっころがりながら、俺の前に這ってきた。

「じょ、上皇陛下はお会いになるそうです」

「そうか、ご苦労」

門番には十リィーンくらいの小銭を渡して、中に入った。

門番の通報がいってたからか、数人の女官が出てきて、待ち構えていた。

「ご案内いたします」

父上のまわりにいる女官だ、俺（皇帝）を見ても必要以上に恐縮はせず、作法に沿って一礼した。

そして俺を宮殿内に案内する。

女官達について行き、父上の書斎にやってきた。

以前から執務のために使っている書斎だが、帝位を俺に譲った後は報告書とかが減って、代わりに書物が増えた。

その書斎で、父上は本を読んでいた。

「おお、来たか、ノア」

俺は一歩進み出て、父上に跪いた。

皇帝となった俺が跪くのは、この世で上皇たる父上だけだ。

父上は泰然と受けつつ、顔がほころんで。

「楽にするがいい」

「御意」

俺は立ち上がって、まっすぐ父上と向き合った。

「聞いたぞ、レアラトで上手く龍脈を復旧させたようだな」

「はっ、しかし完全には――」

「生け贄を決断したのは素晴らしい。オスカーあたりなら三日は悩んでいるであろうな」

「――っ!!」

俺は驚愕した。

生け贄。

俺が龍脈を復旧させた事を父上が知っていても不思議はない。

一回復旧して、失敗したから少し前の話だ。

しかし、復旧に生け贄を投入したのは、俺が超特急で帝都に引き返してくる直前くらいのことだ。

つまり、父上の情報網には超特急で情報を送る人間もいるということだ。

子供の頃から父上の情報網のすごさを思い知らされてきたが、今日ほど驚いたことは少ない。

驚いた俺は、内心の動揺を取り繕った。

「……はっ、必要であったため死刑囚を用いました」

「うむ……ノアよ、為政者は時として選択に直面する。一人を犠牲にして大勢を助けるか、大勢に我慢をさせて一人を救うのか、とな」

「……究極の選択、でございますね」

「そうだ。ノアはそういう時どうする？」

直感的に、父上に試されているとわかった。

俺は考えた。

一人を犠牲にして大勢を助けるか。

大勢を犠牲にして一人を助けるか。

正直、答えのない問題だ。

どちらを答えても正解になるし、どちらも不正解になる。

そういう代物(しろもの)だ。

ただ、皇帝の立場からすれば――。

「一人を犠牲にできれば――と考えています」

「それは余であってもか？」

「……っ」

俺は沈黙した。

沈黙して、父上と見つめ合った。

父上の顔は真剣だった。

俺はまた少し考えて。

「……それが、民のためになるのなら」

「……ふっ」

父上はフッと笑った。

安堵した、というような顔だ。

「安心したぞ、さすがノアだ」

「……」

褒められるほどの事じゃない――と思ったその直後。

父上が爆弾を投げ込んできた。

「余も犠牲にできるのなら、どんな相手だろうが可能だな」

「――っ!!」

俺は更に驚いた。

相変わらず父上はとんでもないと思った。

どんな相手(オスカー)だろうが、か。

父上の情報網のすごさはいやというほど思い知っている。

オスカーの野心も、当然把握しているはずだ。

つまるところ、父上は「いざとなったらオスカーを切れるのか」って聞いてるんだ。

「……はい、その覚悟はできました」

「そうか、ならよい」

父上の表情が穏やかになった。

そのまま立ち上がって、手を背中で組んで、窓のそばに歩いて行った。

窓から外を――月を見上げる。

「ノアは既に痛感しているだろう」

「……」

「皇帝には『私』が存在しない」

「……はい」

「食事は毒味に次ぐ毒味で回ってくるころには冷めておる。男として女を抱くのもいちいち記録をされる。政務のため、大臣らとの朝礼のために寝坊の一つも許されない」

「もし破れば、歴史書には無能か暴君と書かれる」

「そうだ。皇帝には『私』がない、あるのは『公』だ。故(ゆえ)に、孤独だ」

「……はい」

父上の口から出たのは、経験者が故(ゆえ)の重い言葉だった。

「ふっ、そうは言っても、ノアの才覚ならそれも乗り越えられよう」

破顔一笑。

父上の笑みが、それまでの重い空気を払拭(ふっしょく)した。

「ご期待に応(こた)えられるよう精進します」

俺も重い空気を払って、丁寧に一礼した。

「さて、ノアの来意をまだ聞いていなかったな」

「父上には伝わっていましょうが……親征します」

「うむ、余に何かやって欲しいことでもあるのか？」

「はい――セムを守って欲しい」

「……ほう」

一呼吸ほどの間。

父上は楽しげに笑った。

さっきまでとはまったく違う、心の底から楽しそうだと感じている顔だ。

その証拠に、父上は天井を仰いで大笑いした。

「そうかそうか、余も上手く使うか」

「恐れ入ります」

「うむ、よくそれを余に持ってきた。さすがだノア」

父上にもう一度褒められた。

セム、俺の息子、現在の皇太子。

あとから知ったことだが、父上が俺に帝位を譲ったのはセムを見てからだ。

ヘンリー、オスカー、俺。三すくみの決め手になったのがセムだ。

いい孫は帝国三代の繁栄を見込める――ということで、セムの高い限界レベルを見て、父上は俺に帝位を譲ると決めた。

理屈はわかる。
俺でもそうする。
息子だけでなく、孫まで見て選ぶ。
もちろん、それを悟られないようにセムを皇太子にはしたが。
つまり、父上にとって、セムは下手をすれば自分の命よりも大事な孫だ。
俺の留守で何が起きるのかわからない。
しかし父上に頼めば、セムの命の安全は間違いなく守られる。
「よかろう、承った」
「ありがとうございます」
俺はもう一度頭を下げた。
これでまた一つ気がかりがクリアできた。
親征は大イベントだ。万全には万全を、と期さなければならない。
次にすべき事は――と。
俺は頭をフル回転させて、それを考えていたのだった。

☆

深夜、オスカー邸。

既に寝たオスカーの元に、一人の男が現れた。

男の名前はイスカ・リオテ。

オスカーの家人の一人だ。

家人の男が深夜に人目を忍んで訪ねてきた。

何かないとそうはならない、と。

オスカーは不快を押し殺して、イスカに向き合った。

二人はオスカーの寝室の中に設(しつら)えたテーブルの近くにいる。

オスカーは座っていて、イスカはオスカーに跪き、頭を下げていた。

「要件はなんだ?」

「はっ……皇帝が出征いたします」

「……それで?」

オスカーは眉をひそめるのを意識して止めた。

イスカは更に言う。

「部署的に、我々は随行します。戦場では事故もあるかと……」

「――――ッッ」

オスカーの表情が大いに変わった。

戦場での、事故。

もちろん、イスカが言うそれは故意に起きること、あるいは状況次第で見捨てるだけのこと。

それもやはり、内政屋のオスカーには出てこない発想だった。
オスカーに、悪魔の誘惑がふりかかった。

書き下ろし短編

歌姫の想い

アリーチェ・セーミはノアに救われた。

かつて、借金取りによって転落まっしぐらとなる人生の直前にノアと出会い、救われた。

ノアは彼女の人生を救っただけではなく、その先の輝かしい未来まで作ってくれた。

その事をアリーチェは感謝している。

恩人として、その恩を返すべく、アリーチェはノアの注文通り、ひたすら自分の「歌」を磨き上げた。

ノアのお気に入りという看板はあるものの、アリーチェの歌は掛け値なしに素晴らしく、帝都一の歌姫とまでうたわれるようになった。

当然、それほどの歌姫であれば、それを手籠(てご)めにしようと王侯貴族や豪商らなどが動く。

一晩屋敷で歌えば一万リィーン、という値段さえも飛び出したほどだ。

帝都の成人男性の平均月収が十リィーンだという事を考えれば、いかに法外な金額がついているのかがわかる。

むろん、それはただ歌を聴きたいという話ではない。

財力のある男が思うことはいつも同じで、美しく有名な芸人を女として組み敷く願望を持っている。

ひとたびその招きに応じればただではすまされないのは、三歳児でもわかることだ。

そんな彼女を守ったのは、やはりノアの威光だった。

かつては皇帝お気に入りの十三賢親王、今や地上最高の権力者皇帝そのものだ。

その皇帝のお気に入りであるアリーチェが「行かない」と言えば、誰も無理強いする事はできないのだ。

とはいえ、彼女はさほど恨みを買ってもいない。

ノアのお気に入りであっても、帝都一の歌姫として名を馳せるようになっても。

彼女は変わらず、同じ店で歌い続けている。

有名になっても育った店を離れようとしないその姿勢は、庶民から絶大な支持を受け、金持ちからも一定の理解を勝ち取った。

☆

そんなアリーチェは、控え室から出て行くノアを見送った。

ノアの背中が消えていなくなっても、閉まったドアを見つめ続けた。

いつからだろうか、アリーチェはノアにほのかな恋心を寄せていた。

相手は親王、そして皇帝となった男。

自分の身分では到底釣り合いが取れないと思ったアリーチェはその恋心をひた隠しにしてきた。

しかし、思いは秘せば大きくなるもの。

今や、アリーチェの思いは「ほのかな」ではすまなくなっていた。

そんな思い人が、初めてアリーチェを頼った。

頼みごとをしてきた。

アリーチェは顔には出さないが、狂喜乱舞した。

そして、決意した。

ノアが必要としてくれている、ならば何でもしよう。

喉がかれようが歌い続けるし、体を開けと言えば喜んでそうする。

必要とする真意が戦場の弾よけだったとしても、アリーチェは喜んでその身を差し出す。

それほど、アリーチェはノアの事を思っていた。

「ノア様……」

アリーチェは、ノアが座っていた椅子を、そのぬくもりを自分の胸の中に取り込もうとするかのようにそっと手を触れた。

そしてその手は自然と、女の大事なところに向かってしまうのであった。

あとがき

人は小説を書く、小説が書くのは人。


皆様初めまして、あるいはお久しぶり。

台湾人ライトノベル作家の三木なずなでございます。

この度は拙作『貴族転生～恵まれた生まれから最強の力を得る～』の第5巻を手にとってくださり誠にありがとうございます！


皆様のおかげで、第5巻を刊行することができました。

皇帝のノアの人生を続ける事ができて、本当に感謝しかありません。


このシリーズが今でも続けていられるのは皆様が本を買ってくださったおかげです。

もしも内容が気に入って、次も読みたいと思ってくださったのなら、本を購入したり友人達に布教したりしてくださるとありがたいです。

また続きが出せるようになったら、その時はまた最高の「貴族転生」をお届けすることをお約束致します。

最後に謝辞です。

イラスト担当のｋｙｏ様、ますます凛々しくなっていく皇帝ノア、もう最高です‼

担当編集のＦ様、いろいろご迷惑をおかけして本当にすみません、ありがとうございます！

５巻の刊行の機会を与えて下さったＧＡノベル様。ありがとうございます！

本シリーズを手に取って下さった読者の皆様方、その方々に届けてくださった書店の皆様。

本書に携わった多くの方々に厚く御礼申し上げます。

奇跡の６巻刊行の可能性を祈りつつ、筆を置かせて頂きます。

二〇二一年三月某日　なずな　拝

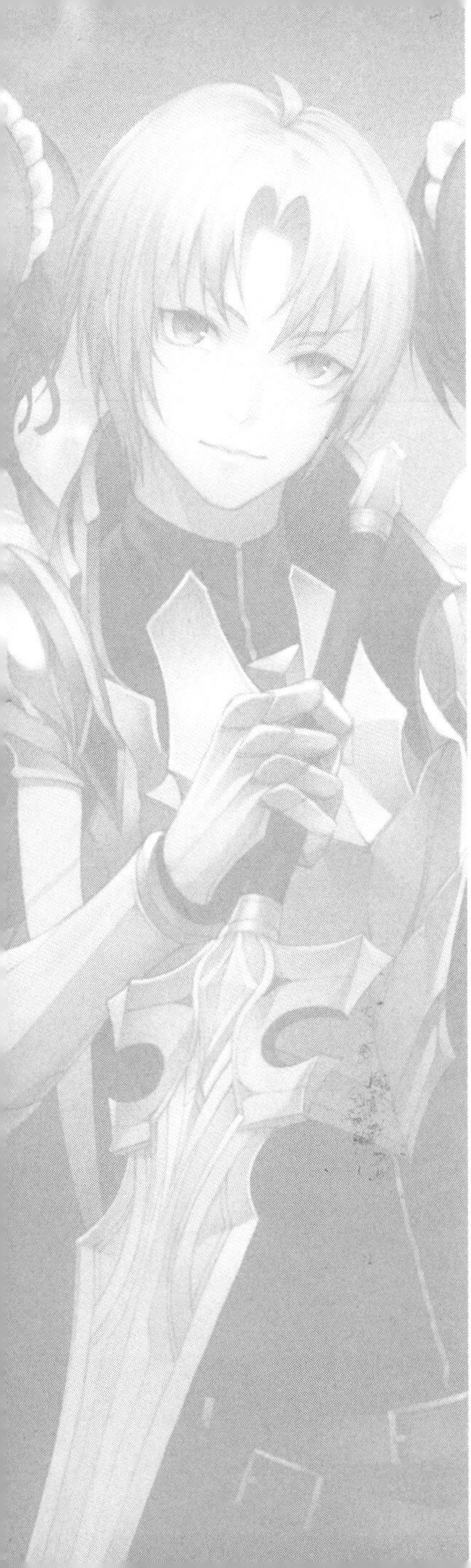

貴族転生５
〜恵まれた生まれから最強の力を得る〜

2021年５月31日　初版第一刷発行

著者　三木なずな
発行人　小川 淳
発行所　SBクリエイティブ株式会社
〒106-0032　東京都港区六本木2-4-5
03-5549-1201　03-5549-1167(編集)

装丁　AFTERGLOW
印刷・製本　中央精版印刷株式会社

ISBN978-4-8156-1006-7
Printed in Japan

ファンレター、作品のご感想をお待ちしております。
〒106-0032　東京都港区六本木 2-4-5
SBクリエイティブ株式会社
GA文庫編集部 気付

「三木なずな先生」係
「kyo先生」係

本書に関するご意見・ご感想は
下のQRコードよりお寄せください。
※アクセスの際に発生する通信費等はご負担ください。

試読版は
こちら!